Peter Hammerschlag

Die Wüste ist aus gelbem Mehl

Groteskgedichte

Mit einem Nachwort von Friedrich Achleitner
Herausgegeben von Friedrich Achleitner und Monika Kiegler-Griensteidl

Mit 12 Zeichnungen des Autors

Paul Zsolnay Verlag

ISBN 3-552-04829-4

Satz: Filmsatz Schröter München
Einbandgestaltung: Peter-Andreas Hassiepen,
unter Verwendung einer Photographie
von Stella Kadmon
Druck und Bindung: Friedrich Pustet, Regensburg
Printed in Germany

Erste Runde

Schützet die Tiere!

Wiegenlied für ein Eskimo-Baby

… und als das Walroß geboren ward,
Da hob man das Kind aus der Taufe
Und legte es an die Mutterbrust zart
Und wünschte sehr, daß es saufe …

Da war dem Kleinen die Milch zu heiß!
Das Zureden war ein verlorenes …
»Wir sind auf dem Nordpol, und da gibt's Eis!
Ich will nur Gefrornes! GEFRORNES!!« …

Der Walroßvater sprach rein in den Wind:
»Woher sollt' ich Fruchtsäfte haben?!
So nimm doch Vernunft und die Brust an, mein Kind,
Wie Walroßbabys sich laben!«

Da brüllte das junge Walroß: »Ich kotz'
Auf dich und die ganze Familie!«
… Dann aß es Gefrornes … Gefrornes aus Trotz,
Aus Himbeer, Kakao und Vanille.

Da schrumpfte und schrumpfte sein kleines Gesicht,
Denn kräftige Kost braucht der Norden!
Es ist auch kein wirkliches Walroß nicht
Und nur so ein Seehund geworden …

……………………………………………
Der Seehund bewohnt unter Wasser allein
Ein kleines und naßkaltes Zimmer
Und möchte s o o o gerne ein Walroß sein!
… Doch die Walrosse mögen ihn nimmer …

Schicksal

Jüngst war ein Wettlauf zwischen Nurmi*
Und einem nackten Regenwurmi!

Der Nurmi – gütig, wie er ist –
Tat schon nach einer kurzen Frist

Als gäb' er auf das hohe Spiel!
DAS BLINDE VIEH GING GLATT DURCHS ZIEL!!!

....
Doch eine Amsel schlingt voll Hohn
Den neugebacknen Champion!

* Nurmi, Paavo: finnischer Weltrekordläufer, 1897 bis 1973.

Garantiert harmlos

Es gingen mal drei Entelein
In ganz schneeweißen Mäntelein …
Hübsch rund und hübsch gesund,
Die Köpflein waren bunt.
Die Erste, die hieß: O-GA-GACK.
Die Zweite, die hieß: WULLI-WACK.
Die Dritte: WULLI-WUCK.
(Die war besonders schmuck.)

Das sah der Fuchs, Herr FRISSI-FRASS
Und dacht': »Das wär ein Riesenspaß!
Die Entlein alle drei
Dazu Salat mit Ei!« …
… »Komm her«, rief er, »mein O-GA-GACK!
Ich mag dich sehr, Klein-WULLI-WACK!
Und auch für WULLI-WUCK
Gibt es Bonbons genug!?« …

Die Entlein aber merkten, daß
Der böse Fuchs gern Entlein aß!
»Herr FRISSI-FRASS, verzeiht!
Wir haben keine Zeit!«
»Wir müssen«, sprach die O-GA-GACK,
»Zur Großmama«, sprach WULLI-WACK,
»Jawohl!« rief WULLI-WUCK.
(Sie war besonders klug!)

Was tun drei kleine Entlein auch
Beim alten Fuchs, im dunklen Bauch!?
Dazu sind sie zu schad!
Ein Fuchs lebt von Salat!
»Schön guten Tag!« rief O-GA-GACK.
»Empfehl mich sehr!« rief WULLI-WACK.
Und WULLI-WUCK rief flugs:
»Du alter, blöder Fuchs!«

BÄH!

Der Fremdling

Kommt der Schakal in das große Hotel.
Trägt seinen lausigsten Smoking.
»Haben Sie angefaultes Kamel?«
Auf sprang Miss Silverstone: »Shocking!«

»Führen Sie«, hat der Schakal dann gefragt,
(Putzte dabei sich die Klauen)
»Beduinen, halb abgenagt?«
Zuckte der Ober die Brauen …

Kratzt der Schakal sich verstimmt das Gesäß.
Stöhnte die schöne Yvette:
»Insupportable! Quelle bête affreuse!«
(Und ging alleine zu Bette.)

»Gibt es bei Euch« fragte noch der Schakal …
»Grünliche Pagen«, sie rannten,
Führten ihn lächelnd durchs leere Lokal.
(AUSGANG FÜR LIEFERANTEN.)

Fragte daheim den Schakal man sofort:
»Sie sind nicht länger geblieben?!«
»Jaaa«, sprach Schakal, »diiieses Tempo dort!
Es hat mich aufgerieben!« …

Menuett

Da hab ich ein winziges Hündchen gekannt ...
Das trug aus Peking ein Seidengewand
Und war ein chinesischer Ritter.
Es sagte, es stamme vom Jadesee
Und sei ein Enkel von Kong-fu-tse ...
Wie ist die Liebe so bitter.

Sie gingen zum Tanztee. Dort war es sehr nett.
Eines Niggers Smoking war ganz violett.
Er blies ein Silbertrompetchen.
Die Herrin fand den Nigger ganz lieb.
Da trank das Hündchen rasch einen Flip
Und faltete sterbend die Pfötchen.

Vier Siamkätzlein mit schwarzem Gesicht,
Die trugen die Bahr' und das Totenlicht
Und durften das Leichenmahl schlecken.
Der Tod zog über die knöcherne Hand
Glacéhandschuhe. Im ganzen Land
Gingen Hündchen in pechschwarzen Fräcken.

Die Herrin des Hündchens blieb ziemlich kühl ...
Dort sitzt sie. In ihrer Stola aus Seal ...
Sie nippt ihren Cocktail, wie immer.
Sie ist zwar nicht mehr so jung, wie sie scheint.
Doch findet sie heute noch manchen Freund.
Bloß solch einen findet sie nimmer ...

Boheme

Fand einmal auf dem Montmartre
Solch ein Pinselohrenschwein …
(Dazumal war ich ein zarter
Malerslehrling. Und allein.)

Als ich's fing mit meinem Lasso
Grunzt' es was wie »OLALA«.
Doch bald unterschied's Picasso,
Marc Chagall und Kokoschka.

An den Ohren hat's ein Büschel
Pinselborstenhaar gehabt.
Mein Mäzen, Gaston de Fischel,
Fand es kolossal begabt!

Pinsel – also hieß das Ferkel –
Lieh zum Malen mir sein Ohr.
Und nun brachte jeder Werkel-
Tag ein neues Bild hervor!

Pinsel dachte ethisch-nüchtern.
Was es grunzte, war kompakt.
Ganz Garconne und dennoch schüchtern
Stand es bei Foujita* Akt.

Und ich schenkt' ihm für sein Kröpfchen
Auch ein Schleifchen blau, aus Taft.
Fraß mit ihm aus einem Näpfchen,
Hei, in unsrer Sauwirtschaft!

* Foujita, Tsugouharu: 1886 bis 1968; japanischer Maler und Illustrator, der ab 1913 in Paris lebte.

Pinsel ward wie meine Schwester …
Doch ein Mann begehrte sein …
Der war Primas. (Budapester)
Und im Grund aus Großwardein.

Dieser fraß mein armes Pinsel,
Da auf Schweinegulyas scharf.
So kam's auf die Toteninsel
Die Böcklin dazu entwarf …

… Auch auf Schweine wirkt es tödlich,
Wenn man sie ins Herze stößt!
… Auch die Pinselsau wird göttlich,
Wenn ein Dichter sie erlöst …

Wintermärchen

Durch den Winterforst der Knecht Ruprecht geht,
Und alle haben ihn gern.
Er tut nur Gutes! Und so diskret!
Auch er hat Feinde, wie das so geht.
Die wittern ihn schon von fern.

Es sitzen die Osterhäselein
Im halbverschneiten Loch.
Sie trinken vor Frost viele Gläselein
Und haben schon blaurote Näselein,
Aber gackern müssen sie doch.

Es brennt ihr Gesäß wie ein Feuerlein.
(Denn Eierlegen tut weh.)
Sie rackern, wie sommers die Bäuerlein
Und legen blau-rot-grüne Eierlein
In den weißen, eiskalten Schnee.

Der Weihnachtsmann liebt kalte Witterung,
Der Häslein Saison ist der Lenz.
Geht Ruprecht zur Menschenfütterung
So knirschen die Häslein Erbitterung:
»Da geht ja die Konkurrenz!!!«

Knecht Ruprecht, der geht durch den Silberwald,
Schließt hüstelnd den Mantelknopf.
Die Häslein, die haben den Schneeball geballt …
Und werfen ihn – bumms – mit aller Gewalt
Dem alten Herrn an den Kopf!

Ein Tiger öffnet dir sein Herz

Mama war Mägdelein scheckiger Art.
Papa war viel eleganter.
Mama war geborene Leopard.
Papa war kohlschwarzer Panther.

So ward ich Tiger. Mein Seelchen ist gelb.
Und sank dann die Nacht durchs Dschungelgewölb,
So griff ich zu Gabel und Messer.
Ich aß einst die Lady of Windermere.
Die sprach: »Sie verlieren im nähern Verkehr!«
... Im Grunde sind Inder besser ...

Mich lud selbst der Vizekönig einmal
Zu Gast ... Ob trefflicher Führung!
Ich aß seine Lordschaft zum Mittagmahl.
»Oh shocking!« sprach die Regierung.
... Ich ließ mich entdecken von Hagenbeck* ...
Das Publikum heute versteht einen Dreck
Und konnte mich niemals begreifen.
Ich habe die Kunst an den Nagel gehängt.
Rastelli* und Grock* ... Man hat mich verdrängt.
Die zwei haben nicht mal Streifen ...

Dann warf das Schicksal die Gittertür zu ...
Ach! Bleib doch noch auf ein Wörtchen!
Sag, willst du mit mir nicht ein Rendez-vous
Nach zehn Uhr? Beim Käfig-Pförtchen?! ...

* Hagenbeck, Karl: 1844 bis 1913; Tierhändler, Zoo- und Zirkusbesitzer aus Hamburg.

* Rastelli, Enrico: 1896 bis 1931; Jongleur.

* Grock, eigentlich Weltach, Adrian: 1880 bis 1959; Clown.

… Oh ja, du kannst kommen, wenn du mich liebst
Und wenn du dem Wärter ein Trinkgeld gibst …
Sei süßer Trost dem Betrübsten!?
Ich liebe die Menschen aus vollem Bauch! – Eh, Brust –
Je mehr, desto besser! Drum sind mir auch
Vereinsausflüge am liebsten! …

Armes, kleines Rosenschweinchen!

Frau Hedwig Courths-Mahler zu eigen

Jungschweinchen lag – ach grunz, grunz, grunz!
In Meerschweins falschen Flossen …
»… Kein Mensch belauscht uns hier! Wir tuns!« …
Ganz purpurübergossen.

Sprach Landschwein drauf: »Dein Ohr ist feucht …
Doch … ich … vertraue Ihnen …!«
Dann sank es hin. (Der Sieg war leicht.)
Der Wind ging durch die Dünen …

Und Kuß und »Quiek« und Liebesschrei!
… Das Meerschwein rümpft die Nase:
»Mein Vetter ist der Hammerhai,
Das Meerschwein meine Base!«

Dir dünkt, es säße sich sehr fein
In solchem noblen Cercle?
Hihi! Du fielst – haha! hinein,
Hoho! … Du dummes Ferkel!« …

Das Meerschwein schwamm, so stolz wie Louis
Der vierzehnte von hinnen …
Landschweinchen flüstert: »Oui, oui, oui,
Was soll ich nun beginnen?«

Zehn Tage lang hielt es Diät!
Kein Tröpfchen und kein Körnchen!
Und sanft und klaglos und diskret
Verlosch es wie ein Sternchen.

Wo Schweinchen litt und fiel und starb
Voll vornehmer Gesinnung,
Steht heut ein Denkstein rosenfarb
Der Fleischermeister-Innung …
Der Wind geht röchelnd: Ruch! Ruch! Ruch!
(Wie leises Schweinchengrunzen.)
… Die Liebe ist ein schweres Buch
Und wiegt wohl tausend Unzen …

Jedes Tier gemahnt in Bewegung, Stimme,
Aussehen an einen bestimmten Laut.

»A«: Der Löwe

Der Löwe dachte an Wüstensand,
Er barg der blanken Krallen Pracht,
Da ward die Pranke schlaffe Hand.
Er hat schon lang nicht mehr gelacht.

Sensation ward hier sein Sang.
Das Menschenpack, es harrt und starrt,
So andachtsvoll, behaglich-bang,
Wie wenn der Radiokasten schnarrt.

Auf Eisenstangen, stark und lang,
Hat man ihm totes Fleisch gebracht.
Dem Mann, der die Gazelle schlang,
So wie sie sprang durch blanke Nacht.

Der Wärter brachte ihm beim Mahl
Ein Telegramm auf flacher Hand.
Das sandte ihm sein schlank Gemahl,
Die Löwin, aus Sahara-Land.

Drin stand: »Dein Sohn ward groß und stark.
Die Mähne wuchs ihm lang und falb.
Er brüllt, das geht durch Bein und Mark!
Auch aß er jüngst ein ganzes Kalb …«

Des Löwen Aug ward tränenblank,
Ging durch die harte Stangenwand,
Von seines Käfigs Kassenschrank
Und starrt, nach Kapstadt abgewandt …

»E«: Das Zebra

Das Zebra fühlt sich schwer verletzt,
Wenn man es durch die Steppe hetzt,
Geneckt, gerät es in Affekt,
Es bleckt die Zähne, fletscht und schlägt.

Es lächelt häßlich permanent,
Und es befetzt, wen es nicht kennt.
Wer seine Schläge je erlebt,
Geht lebenslänglich schwer beteppt.

Des Sattels Ledersessel trägt
Ein Zebra nie. Und wenn's verreckt.
Das Ekel setzt, voll Renitenz,
Jedweden ab mit Konsequenz.

Es denkt an seinen Vetter Pferd,
Der mäßig sich von Häcksel nährt,
Weil er nicht Menschen, die ihm fremd,
Entsprechend sich entgegenstemmt.

»I«: Das Krokodil

Das Krokodil glitscht aus dem Schlick,
Vom Schlaf erquickt, verjüngt, erfrischt.
Die Tücke sitzt im schielen Blick.
Ein Mistvieh, das im Trüben fischt.

Es liebt dich innig und verkitscht,
Mehr als sein Lieblings-Fischgericht.
Die Stimme unter Wasser quietscht
Gar schrill. Doch man vernimmt sie nicht.

Bist du mit diesem Vieh intim?
Ich nicht. Mich hat es stets ergrimmt.
Allein, ich ringe nicht mit ihm,
Dieweil es so viel besser schwimmt.

Es blinzelt schlicht und mild zivil,
Es gibt sich süß und lieb und lind,
Und fischt zum Frühstück, kühl und still,
Stier grinsend sich ein Fischerkind …

»O«: Die Affen

Die Affen hocken stets im Schock,
Eine Kohorte Pierrots …
Rotzbuben, voller Possen bloß,
Besoffen noch vom Kokos-Grog.

Man grollt kokottenhaft-kokett,
Man protzt mit Tollheit, kotzt und johlt,
Man torkelt, kollert, lockt und rollt,
Der Kotter wird zum Lotterbett.

Der hohle Schmock kennt kein Idol.
Der Koller hat sein Hirn verstopft.
Und ein Correggio* wird zerklopft
Grad wie in Rokoko-Konsol.

Das Sollen und das Wollen hohl.
Er hopst vertrottelt, haut knockout.
Es ist an diesem Knockabout
Verloren Malz und Hopfen wohl.

Der Tod, der Knochenmann packt roh
Solch einen Clown beim Ringelschweif.
Die Horde wird vor Schrecken steif
Und glotzt und stottert: Oh! oh!! oh!!!

* Correggio, Antonio: 1489 bis 1534; ital. Maler.

»U«: Das Nilpferd

Es hat sein »U« zwar auch der schmucke Lurch …
Doch welches Vieh, wenn man die Schöpfung mustert,
Ist noch so »Ur-« und »U«, ganz durch und durch?
Von Urgewalt zur Ungestalt geplustert?

In Ururstunden – wußtest du es, du? –
Da kaum die Menschenbrut sich grunzend muckste,
Schuf Gott den plumpen Kunden aus dem »U« …
An einem Pfuhl, worin Ursuppe gluckste …

»Du bist nicht Nilpferd, du bist Pfurde-Null!«
Sprach Gott, und also fügte Wulst zum Wulst er.
Und unsereins ist Unsinn, Ulk und Null
Vor Nulle-Pfurd im undurchläßgen Ulster.

Der Ulster schützt es gut vor Kuß und Guß,
Und es besteht aus Kugeln, Wucht und Klumpen …
Das ist des Nulle-Pfurdes wuchtges Plus
Vor uns geschundenen und wunden Lumpen.

Das Nullpfurd denkt phlegmatisch, doch gesund.
Im Unmut sollst du Zuflucht bei ihm suchen!
Voll guten Mutes küßt's dich auf den Mund
Und gibt dir Futter. Guten Dschungelkuchen.

Seehund schreibt seinem Mädel

Mein Kind! Erinnerst Du Dich noch?
Wir waren einst … liiert.
Ich hieß Scotchterrier »SPLITTERKNOCH«
War siebenfach prämiert? …

Ich bin – erschrick nicht – Seehund jetzt!
Mein kleines Kugelaug!
Ich hab' es endlich durchgesetzt,
Weil ich nur dazu taug.

Du fragst, was ich als Seehund mach'?
Der Eiswind geht. Husch-husch!
Ich belle einem Dampfer nach,
Und keiner sagt mir: KUSCH!!!

Der Steuermann, der Kapitän
Stehn stramm mit einem Mal.
Ein Seehund ist stets gern gesehn.
(Fast wie ein Admiral!)

Und Du? Sag', pflegst Du noch nach zehn
Vors dunkle Hausportal
Mit Deiner Zofe auszugehn?
… Grüß den Laternenpfahl!

Trägst Du am Hälschen – klingeling –
Das Glöckchen noch, ma chère?
Verehrtes Fräulein Japan-Chink!
M e i n Eckstein ist das Meer!

Heut schick' ich Dir – als Seeprolet –
Nur einen Seehundkuß!
Das ist ein Hund, der baden geht,
Wiewohl er es nicht muß …

Nur ein Maulwurf spricht

Ich bin nur ein Maulwurf. Doch bin ich nicht faul.
Gott warf mich zwar weg, doch ich fiel nicht aufs Maul.
Solch Maulwürflein kannst du dir suchen!
Ich grabe – da nehm ich das Maul nicht zu voll –
Ich grabe herrlich! Ganz so, wie man soll!
Ein Gärtner hat immer zu fluchen.

Mein Ehweib, geborene Wurfmaul, die warf
Gleich zehn junge Mäuler. Da ist schon Bedarf
An Würmern. Da darf man nicht maulen.
Jetzt grab ich drauf los wie ein Vorstehhund
Und höre die Engerlinge im Grund
Voll Todesangst winseln und jaulen …

Die Kinder sind brav. Nur der Jüngste, der Paul,
Hat jetzt schon ein freches, verwurfliches Maul
Und will ein Jazztrommler werden!
Der Junge! Der endet als Maulwurfcape!
Ich will nur hoffen, daß ich's nicht erleb!
… 'S ist Sorgen genug in der Erden …

Ich sauf' nicht, ich rauch' nicht, ich spiel' nicht beim Turf*.
Ich halte das Maul. Bis zum ganz großen Wurf.
Oft wisch ich die Stirn mir mit Schnaufeln.
Dann denk' ich: »Na, wenigstens ist man kein Lurch.
Ich schlängle mich nicht, nein, ich grabe mich durch!«
… Ein jeder Maulwurf … vier Schaufeln …

* Turf: Pferderennen.

Wir hören die Sonne. Wir haben kein Ohr.
Wir hören sie doch. Und wir kommen empor.
Denn, wer nicht hört, der muß wühlen.
Wir sind uns für Maulwurfmäntel zu schad.
Wir Maulwürfe möchten ein Freiluftbad
Und nachher im Sonnenschein spielen!

Der Tierfreund an der Arbeit

Es gibt Menschen, die mit Hunden plaudern,
die vor Läden angebunden sind.
Jeder bess're Hund sieht sie mit Schaudern,
denn in jedem Tierfreund steckt ein Kind.

»Armes Hunderl, so kurz angebunden.«
»Wie Sie sehen«, sagt der Hund voll Groll.
»Na, verträgst dich mit den andern Hunderln?«
»Aber ja, und leben Sie recht wohl!«

»Braves Hunderl, wartet auf das Frauerl«,
»Wie Sie sehen«, sagt der Hund und lächelt nett.
»Frauerl kauft nur Fleischi, Fleischi fürs Wauwauerl.«
Wenn ich jetzt nur keinen Maulkorb hätt'!

»Dir wird wohl die Zeit lang, armes Hunderl?«
»Aber nein, Sie plaudern ja so schön!«
»Na, es dauert nur ein halbes Stunderl.«
Dürfen Menschen ohne Maulkorb geh'n?!

Und nun ist der Mensch im besten Schmeicheln.
»Armes Hunderl, ist dir kalt?«
»Keine Spur.« Und nun will der Mensch das Hunderl streicheln.
Und der Hund sagt in der Regel: »Knurrr«!

Undankbare Viecher sind die Hunde,
denkt der Mensch. Geht weg und ist ganz wild.
Und der Hund seufzt auf aus tiefstem Herzensgrunde:
Und das nennt sich Gottes Ebenbild!

Der junge Hund

Der junge Hund paßt nicht in seine Haut.
Stets rutscht er – in sich selber – hin und her.
Wenn er dir seine Hände anvertraut,
Dann werden seine Hinterfüße leer …

In seinem Herzen ist auch noch viel Platz,
Er ist ein unbedingter Optimist.
Mit Lächeln naht er sich der Buckelkatz,
Erst später hört er, wie pervers das ist.

Jetzt kommt der Mensch und sieht mit Kennerblick:
»… Der Hund ist nett! Nur noch ein biiiisschen nackt!«
Rasch um die Kehle einen Lederstrick!
Jetzt hat den Hund die Eitelkeit gepackt!

An dieses »Halsband« kommt ein Stückchen Blech …
»Gib acht darauf! Das kostet s e h r viel Geld!«
»Schon gut!« sagt drauf der Hund und lächelt frech
Und sagt »Heff-heff«. Was er für Bellen hält.

An seinem Mund hängt so ein Gitterdings,
Das Ganze kommt an eine Lederschnur.
Er putzt verzweifelt sich, bald rechts, bald links,
Der Maulkorb sitzt … Der Hund geht auf die »Tour« …

Bald schleift er nach, bald liegt er wieder schief,
Dann ruht er tiefbetrübt auf dem Popo …
Die Falten seiner Stirne werden tief.
Er hebt das Bein … Doch – ohne Animo …

Vieltausend Lehren klingen ihm im Ohr
Und ganz verwirrt kommt er zu Hause an.
»MAN SPRINGT AN HELLEN HOSEN NICHT EMPOR!«
»MAN BEISST AUCH NICHT DIE GUTE STRASSENBAHN!«
Die Summe dessen, was man *doch* nicht darf,
– Begreift der Hund – *das* bildet dann die *Welt*!
So wird der Hund ... Und später wird er »scharrrf«!
... Er hat sich das *ganz* anders vorgestellt ...

Pekinesen

Menschen, die bei Pekinesen dienen
Lernen eines wahren: die Distanz.
Pekinesen sagen bloß durch Mienen:
»Wir sind Söhne edler Mandarinen,
Ganz aus Blütenschnee im Mondesglanz.«

Oh, ihr Menschen! Weiße Hundesöhne!
Kennt ihr Pfirsichbaum und Morgenrot!
Kennt ihr Tempelgang und Bronzetöne!
Lü-Jin-Yang, die Kaiserin, die schöne,
Hat mit Perlenhänden uns gefloht!

Unser Urahn – habt ihr das begriffen –
War der Musenhund von Li-Tai-Pe,
Der ihm seine Verse vorgepfiffen
Auf der Flöte, aus Achat geschliffen.
Grammophon tut unsern Ohren weh.

Für Europa sind wir viel zu schade.
Doch wir haben heut noch nicht gespeist.
Bringt uns – wollt ihr weiter unsre Gnade –
Lotosmilch und feingeschabte Jade.
Weil euch sonst der Himmelsdrache beißt!

Manchmal sieht man diese Pekinesen,
Fröhlich schnuppernd durch den Frühlingswind,
An Laternenpfählen Spuren lesen,
Ob ein Hundemädchen dort gewesen,
Und man freut sich, daß sie Menschen sind …

Franz, das freche Dromedar

Die Wüste ist aus gelbem Mehl.
Dort ging die schöne Frau Kamel
Mit ihrem Sohn, Franz Dromedar.
So gingen sie ein ganzes Jahr …

Zu Neujahr sprach die Frau Kamel:
»Oh, Franz, Du Kleinod meiner Seel!
Du hältst Dich schlecht, geliebter Sohn!
Schau, einen Buckel hast Du schon!«

Drauf schrie der Franz ganz frech: »Juchhei!
Du hast doch selbst der Buckel zwei!«

Da legt Mama ihn übers Knie
Und drischt das kecke Buckel-Vieh!

Der fleißige Jodokus

Der Affenknabe Jodokus,
Der hopste durchs Gelände
Und rief: »Es ist ein Hochgenuß!
Ich hab' statt Füße Hände!«

Und als er in die Schule ging,
Da lernt er buchstabieren
Und rief: »Ich bin ein Wunderkind!
Ich schreib' mit allen vieren!«

Er nahm – das freut ihn königlich –
In jede Hand 'ne Feder
Und kritzelte und dachte sich:
Das kann halt nicht ein jeder.

Doch ach, damit war's nicht weit her!
Er glaubte, daß er hexe –
Und macht der Fehler viermal mehr
Und achtmal so viel Kleckse.

Klein-Jodokus, bald kommst du drauf:
So bunt darf man's nicht treiben.
Drei Hände heb' für später auf –
Lern erst mit einer schreiben!

Die kurzsichtige Josefine

Fern am Flusse Orinoko
Lebten einst der Affen sechs:
Jokko, Hokko, Mokko, Kokko,
Zokko und der kleine Flex.

Halt, was kroch da aus dem Dschungel,
Schrecklich wie ein schwarzer Gurt?
Josefine Ringel-Rungel,
Brillenschlange von Geburt.

Trug nach Affenfleisch Verlangen,
Hatte einen bösen Blick,
Und, wie alle Brillenschlangen,
Eine Brille im Genick.

Und es rief die Rungel-Ringel
Mit entsetzlichem Gebrüll:
»Rührt euch nicht, ihr Affenschlingel,
Weil ich euch jetzt fressen will!«

Flex von seiner Urwaldfichte
Rief: »Josefa, ach erlaub,
Daß ich dir die Brille richte,
Sie ist schmutzig und voll Staub!«

»Gut! Dann seh ich, was ich schmatze!
Richte sie mir jedenfalls!«
Und Klein-Flex mit einem Satze
Riß die Brille ihr vom Hals.

Nichts konnt' Josefine sehen,
Hilflos tappt sie hin und her,
Und vergebens blieb ihr Flehen:
»Wo ist hier ein Optiker?«

Die fünf Brüder haben selig
Ihren Jüngsten abgeküßt.
Kleine Affen sind sehr fröhlich,
Wenn sie keine Schlange frißt.

Arnold, das nervöse Karnuckel

Bei dem Städtchen Posemuckel
Lebte Arnold, das Karnuckel.
Nun … sehr fleißig war es nicht!
Machte immer nickel-nuckel,
Mit der Nase, zickel-zuckel,
Das ist für Karnickel Pflicht.

Trude hieß ein kleines Mädchen.
Das nahm früh ein warmes Bädchen
Und ist dann aufs Feld gerannt …
Dort saß grade das Karnuckel,
Machte nickel-nuckel-zuckel,
Oh! Das war s e h r intressant!

Trude strich dem Has den Buckel:
»Warum machst du nickel-nuckel?«
Arnold sprach: »Ich mein's nicht bös!
Aber weißt du, wir Karnuckel
Machen i m m e r zickel-zuckel …
Wir sind fürchterlich n e r v ö s !«

Mittags war der Braten herrlich!
Trude nuckte unaufhörlich,
Dem Papa war das zu blöd!
»Trude! Warum machst du nuckel?!«
Trude sprach: »Ich zickel-zuckel
Nur so … A u s N e r v o s i t ä t !«

Sprach Papa: »Mein armes Kleines!
Jetzt bekommst du etwas Feines!
Medizin her! Auf den Mund!«
Trude schluckte hundert Tröpfchen
Und dann mußte sie aufs Töpfchen ...
Aber dann war sie gesund.

Darum: Trefft ihr ein Karnucke
– Wär es auch bei Posemuckel –
Macht ihm artig einen Knicks.
Aber macht nicht nickel-nuckel,
Denn das dürfen nur Karnuckel!
Doch für Kinder ist das NIX!

Der feige Dackel Waldemar

Lebte da im Wald ein Dachs,
Frech und fett. Der Dachs hieß Max.
Auch ein schlimmer Dackel war,
Dieser Hund hieß Waldemar.

Sprach der Förster Leonhard
Mit dem langen roten Bart:
»Waldemar! Hol mir den Dachs!
Heut gibt's Bratwurst! Hol ihn! Stracks!«

Waldi lief zu Maxens Bau,
Sprach statt 'Guten Tag! »Wauwau!
Komm heraus! Schockschwerenot!
Bitte komm! Ich beiß dich tot!«

Aus dem Bau rief Max: »Oh, nein!
Wenn du Mut hast, komm herein!«
Waldemar zog ein Gesicht:
»Also gut, dann heute nicht.«

Leonhard stand in der Tür:
»Waidmannsheil, mein Dackeltier!
Bringst du mir den bösen Max?
Hast du ihn gebissen? Sag's!«

»Leonhard, mach dir nichts draus –
Schau, der Max war nicht zuhaus!«
Blinzelte der Förster schlau:
»Macht nix. Komm zu Tisch, Wauwau!«

Ach, wie roch die Bratwurst fein.
Leonhard aß sie allein.
Fragte Waldemar: »Papa!
Ist für mich auch Bratwurst da?«

Strich der Förster Leonhard
Seinen langen roten Bart:
»Waldemar, mach dir nichts draus –
Fleischer war heut nicht zuhaus!«

Stinks – Stanks – Stunks

Seht Euch einmal das Stinktier an!
Das kommt niemals zu Ehren.
Es stinkt entsetzlich und so kann
Kein Mensch mit ihm verkehren.

Zur Urwaldschule gehn um neun
Das Tigerchen, das Löwchen,
Das Pantherkind, Jung-Warzenschwein
und Fred, das Pinseläffchen.

Der Lehrer Nashorn rief: »Du Skunks!
Was sagt mir meine Nase?«
Das Stinktier sagte: »Allerdungs!
Ich stink. Doch nicht zum Spaße!

Mein Fellchen ist ganz unbedingt
So weiß wie eine Lilie.
Mein Vati stinkt, mein Mutti stinkt,
Das liegt in der Familie!«

Da sprach der Lehrer Nasenhorn:
»Das kann ich nicht begreifen.
Zum Stinken ist man nicht geborn.
Holt Wasser her und Seifen.«

Da kam Schuldiener Waschebär
Mit einem großen Zuber
Und wusch das Arme kreuz und quer.
Herrgott, welch ein Geschrubber!

Das kleine Stinkvieh zeterte:
»Die Seife beißt mein Äuglein!«
Happs, sprang es raus und kletterte
Hopps, auf ein Palmenzweiglein.

Dann lief es weg und blieb darum
Ein ungeschliffner Flegel
Und spielt im Urwald frech und dumm,
Mit Kokosnüssen Kegel.

Nur wenn es das Wort »Schule« hört,
Pflegt es sich zu entfernen.
Wenn man das Stinken ihm verwehrt,
Dann will es auch nichts lernen.

Legende vom Dialekt

Den artigen Kindern von Prag, Brinn und Olmitz gewidmet

No, geht sich nicht Lamperl mit freindlichen Sinn –
Es is halt noch bleed, wie ein Kind –
An Viecherl is ja nix dran und nix drin –
Und wie schlecht manche Leite doch sind.

Also daß ich nicht lig: Was glauben Sie, dann?
Ein Jaguar springt sich voll List –
So stinkete Katz mit so Nägel dran –
Und daß er es herich jetzt frißt!

No, Lamperl gibt sich ins Zittern gleich,
Und macht ihm noch scheen einen Knix.
Das Armitschkerl war am Kerper ganz bleich …
Aber Jaguar? Wie wenn nix!

Drauf sagt's ihm – no, was so Lamperl schon spricht:
»Es is nicht nur wegen Gefiehl!
Ich muß mich nur wundern – no ja, wie denn nicht –,
Daß sich Ihnen so etwas will?!

Nicht wegen vergennen! Bitte – das nein!
No, fressen'S nur. Wann'S Ihnen schmeckt?
Mir mechten sich gut ham. Jedoch allein:
Verdauen Sie auch Dialekt?!«

… »Also«, sprach der Jaguar,
»Friß ich Ihnen nextes Jahr.«

Abrüstung

Sieben kleine Mäuschen
Gehn zum Mittagsbrot.
Silberweiße Fläuschen,
Schwänzchen, rosenrot.

Sieben schwarze Kätzchen
Machen auf sie Jagd.
Gibt es ein Gesetzchen,
Das dies untersagt?

Mäuschen, sie erbleichen
Jäh im Todesschreck:
»Wollen uns vergleichen!
Lösegeld sei Speck!«

Sieben Katzenmäulchen
Schlecken ungeniert.
Und nach einem Weilchen
Sind sie saturiert.

Nichts vom Speck geblieben,
Kätzchen wollen mehr!
Speisen drum die sieben
Mäuschen zum Dessert.

Zweite Runde

Wehrlose Frauen und Mädchen

Liebe an sich

Heut weiß ich – bald lacht draußen schallend der Mai –
kaum mehr, was ich schreib!
Jetzt wirst Du bald endgültig mein, aber bei
lebendigem Leib!

Bezüglich des Datums: Du hältst Dich bereit
ein Viertel nach vier
am 15. d. mit Sicherheit
und rasender Gier!

Ich glaub's Dir, wie sehr Dich das glücklich macht!
Mir scheint gar, Du bebst?!
Doch nicht vor der Möglichkeit, daß Du die Nacht
wohl kaum überlebst?

Das kannst Du ruhig sagen! Ich bin nicht verletzt.
Daran denk ich auch.
Dann wirst Du von mir eben beigesetzt
beim Goldregenstrauch …

Im anderen Fall: (Du wärst nachher noch hier –)
erwürg ich Dich glatt!
Beruhigend ist das Gefühl, daß nach mir
Dich keiner mehr hat …

Rhythmische Gymnastik

Die Finger irr ins Kosmos vorgekrallt,
So schleichen sie im Kreise querfeldein ...
Bacchantenauge wird zum schmalen Spalt.
(Das soll sehr gut für die »Extase« sein.)

Ungleich auf Schritt und Tritt, doch stets auf Zehn ...
»Ungleich?« das ist »Auffassung« und privat!
Sie wollen eins: Nicht in die Zukunft sehn!
Drum: Augen zu! (Zur Nahrung dient Spinat.)

Dann wieder stößt »Erleben« sie ins Kreuz!
Der Oberleib wird förmlich abgelegt!
Sie bilden rechte Winkel jetzt bereits,
indes ihr Haar das Linoleum fegt!

Sie leiden schrecklich! Wie es auch sein muß!
Nur so wird »Neue Ausdrucksform« erzielt!
Tritt dir der »Daimon« jählings auf den Fuß,
So hast du etwas »tänzerisch durchfühlt«!

Drei Mädchen hockten! Irr und stier und wild
Verscharrten sie ein Kind, das war nicht da!
»Lemurengruppe« nannte sich dies Bild.
Ich dachte mir es gleich, als ich es sah ...

Wenn eine Tänzerin etwas erreicht,
So heben andre Blick und Arm empor
Und harren so. Versteint und neiderbleicht.
Solch eine Gruppe heißt: »Bewegungs-Chor«.

Die Beine über Wipfel ausgegrätscht
Hupft über Tannenwälder eine Frau.
Die Zähne dem Beschauer zugefletscht.
Das ist das Schutzgeistlein von Hellerau* …

* Hellerau-Laxenburg: Bildungsanstalt für Musik und Rhythmus, 1911 in Hellerau bei Dresden gegründet; 1925 Übersiedlung nach Laxenburg bei Wien, 1938 geschlossen.

Unmoderne Unsachlichkeit

Ich möchte schrecklich gerne Gretchen werden!
Ein Gretchentyp inmitten Girlherden …
Da hätt ich Sex-Appeal, doch ohne »Sex«.
Vor meiner Seele wär ein Gitterpförtlein
Zum Weekend wär ich bei Frau Marthe Schwerdtlein
Die Unschuld wär mir Selbstzweck, statt Komplex.

Maßliebchen müßten vor dem Fenster stehen
Und Tausendschönchen. Leider sind's Kakteen
In einem Holzgestell mit rotem Lack.
Im Gärtchen müßt' ein weißes Lämmchen grasen!
Und gackern müßten brave Osterhasen.
(Statt eines anbezahlten Hanomag*.)

Dann käme er … Und wäre so vermessen …
Es ging' sein Blick mit hunderten PSen
Durch meiner Seele weißen Waterproof …
Dann schlüg mein Herz als wie ein Teppichklopfer
Und jauchzend brächt' ich Opfer über Opfer,
Mich selbst, den Führerschein, den guten Ruf …

Für ihn ließ' ich des Nachts ein Kerzlein flimmern,
Wie wollt' ich nachher meine Schuld bewimmern!
Doch ein Betschemel ist kein Punching-Ball!
Und schließlich ging' ich, stumm, doch schmachbeladen,
Mit flottem Startsprung gleich auf ewig baden.
(In einem grauen Sünder-Overall.)

* Hanomag: Abkürzung für Hannoversche Maschinenbau AG.,
Unternehmen zur Herstellung von Kleinautos.

Ich bin so unmodern. Das laßt euch klagen!
Die Sachlichkeit darf alles heut benagen!
Man kommerzialisiert den Kindesmord,
Man weiß von vornherein schon alles besser
Und geht schon mal ein Mädchen ins Gewässer,
So wird es wiederum ein Schwimmrekord …

»Linie« im Lenz

Der Faschingstanz hat aufgezehrt
Dein Fleisch aufs letzte Krümelein.
So springt sich's leicht und unbeschwert
Durch Sonne, Lenz und Blümelein!

Dein Hautkleid ist so dünn wie Tüll!
So wirf's doch weg im grünen Tann.
Ich spring zur Lichtung hin und füll
Brustkörbchen dir mit Blüten an …

Und Ranken um die Rippelein!
Der Thorax wird zum Blumenstrauß.
Bunt steigt es bis ans Schlüsselbein
Und hängt zum Hälslein zart heraus!

Dein Knochenmündchen lächelt mir!
Die Zähne liegen bloß und blank.
Ich küß das knöcherne Scharnier
Der Kiefer. Und den Mund entlang …

Halswirbel! … Brustbein!! … Schulterblatt!!! .....
Du trägst die herbe Pracht bewußt!
Ich greife zu! … Und … küß … mich … ssssatt! …
....
Wer grunzt da was von »Fleischeslust«?

Die Schwergewichts-Maitresse

Wic schön war mein Geburtstagstisch!
Links: Veilchen im Kristallgefäß!
Und rechts: Der Tausend-Dollar-Wisch!
Und dann … Die Schwergewichtsmaitresse …

Sie legte sanft den Mantel ab,
Hieß O l g a, und wir stellten fest,
Daß sie noch vor zwei Wochen knapp
Ein Walroß war bei Hammerfest.

Ein Busenhalter ward gelöst …
Ein Schraubenschlüssel bog sich schief …
Des Strumpfbands Stahlstreif lag zu fest
Im Schenkel. Dezimetertief.

Der Brüste Spitzen wie Rubin …
Die Fleischprärie lag schweigend da
Wie wenn Signallaternen glühn
Dem Nordexpreß durch Kanada.

Der Nachttisch-Platte Marmor-Eck
Drang sanft in ihren Oberarm,
Und lange blieb im kühlen Speck
Mein Fingerabdruck rosig-warm …

Wer nie mit Steinbruch Unzucht trieb,
Der ahnt nicht, wie sie mich begrub!
....
Doch hatte mich der Steinbruch lieb
Und flüsterte: … »Mein armer Bub! …«

… Ich weiß nicht, wen sie jetzt besitzt.
War ich bei ihr, war ich allein.
Von ihr umflossen und geschützt
Wie Käfer hockt im Bernstein …

Aschermittwoch

Frisch rasiert, das Haar geschnitten,
Fand ich mich mit einem Mal
Untrainiert, doch wohlgelitten,
Auf dem Schlangenmenschen-Ball …

Eine war dort zum Entzücken …
… Kleine Schlangendame Lou!
Hinter deinem eignen Rücken
Lachtest du mir schillernd zu!

So bescheiden warst du, Süße!
Bracht' ich dir ein Blümchen nur,
Klatschtest froh du in die Füße!
Du warst Kind. Das war Natur.

Einst hat – eifersuchtdurchzüngelt –
Meine Wirtin uns entdeckt.
Da hat Lou – zusammgekringelt –
Im Papierkorb sich versteckt!

Aber ich, nur Unschuldsjäger,
Herz-, scham-, ruchlos, kurz, ein Schwein,
Hing ihr meine Hosenträger
Taktlos an das Schlüsselbein …

Lou birgt's Köpfchen in den Sohlen,
Rollt sich, tiefverletzt, doch stumm,
Fort … Auf Nimmerwiederholen.
Vor ein beßres Publikum.

… Kleine Lou … auch ich blieb ledig …
Schmiegsamkeit, das war dein Reiz.
Und sie sandte aus Venedig
Mir ein kleines, hohles Kreuz …

Cabaret

(jedoch überholt)

»Elvira … schenk mir … eine Nacht!!!«
....
Da hat Elvira schrill gelacht!
»Mein dummer Bub! Geh schlafen!
Ich schlaf heut mit dem Grafen!
D u sollst heut nicht verführen
Elviren!«

»Wenn du mir diese Nacht nicht schenkst,
Elvira, denk w i e du mich kränkst!??«
....
Da lachte sie noch schriller:
»Gleich kommt Marquis de Müller!
Dann setzt dich vor die Türe
Elvire!«

Da schrie ich denn am heisersten:
»… Duuu-u! … Treib mich nicht zum Äußersten!«
....
Da lachte sie am schrillsten:
»Du armer Narr! Was willst denn?!
Hart ist das Herz – verspür es –
Elvires!«

Da … schoß ich! … Drei … Mal. (bumm-bumm-bumm)
Elvira schrie und fiel auch um.

……………………………………………………

Doch glaubt, ihr Herren Schöffen!
Ich wollte s i e nicht tröffen!
Ich meinte den Verführa!!! …

………………………………

El-vi-ra …

Stählerne Nacht

Das Sportgirl war so gestählt und so roh …
»Da sein ich also, old boy, hello!
Du sein heut in Form? I am ready!
Mama dir laßt sagen, du alter Schwein,
Um acht Uhr früh, ich muß zu Hause sein.
… Sonst haut er uns nieder, sagt Daddy!«

Sie schmiß die Matratzen weg. Das war der Start.
Die stählernen Bettfedern blickten so hart.
Das war unser hochzeitlich Linnen.
Dann pflückte sie gröhlend, mit bronzebrauner Hand,
Den Zentralheizkörper heraus aus der Wand
Und warf ihn zerknittert von hinnen …

Ihr Hemdhöslein war weder putzig noch frech …
(Aus ganz dünnem Aluminiumblech.)
Dann legte sie, sanft und gemächlich,
Voll cowboyartiger Schelmerei
Eine Stoppuhr zum Bett. Etwas Kautabak bei.
Und blieb dabei kühl und ganz sächlich.

Sie flüsterte zehn Mal: »Say, du hast mir lieb?«
… Und machte zehn Kniebeugen. Sportlerprinzip.
… »Oh, look nur, wie draußen it's raining! …
Mein letzte friend war die poor little Bill …
Er fiel beim Fußball zu Cambridge-Hill …
Excuse me, ich sein nix im Training …«

Nachher lag ich – seelisch und körperlich nackt –
Und hätt ihr doch gern etwas Liebes gesagt! …
Da küßt ich sie zart auf die Flanke …
»My Schwitzharz, ich bin jetzt sehr glucklich, mir scheint,
Ich will dir verzeihn … Du hast's nicht so gemeint …
Klein-Daisy, my honey, ich danke! …

»Oh, sonny boy, don't be sorry, ich bin
Bloß Daisy's Schwester, die Gwendolin!
Daisy kann heut nicht und laßt grußen!
Die Sisters von ganze American
Sein ähnlich, wie du kannst bemeriken …?
… Darf ich Daisy auch von dir kussen?«

Zum Schluß hat sie mich auf den Mund noch »gekußt«
(Mit der Faust.) Und ich hab auf die Bretter gemußt …
Was mich anfänglich verstörte.
Das nächstemal schickte ich – pfui, wie gemein,
Max Schmeling statt meiner zum Stelldichein …
… Worauf ich nie mehr von ihm hörte …

ABSCHIED VON DER NEGERPRINZESSIN »MO«

1. Das Abschiedssouper

Wir sind zwei arme Liebesleut …
Der Niggermond blickt grün und scheel …
Gazellenschinken gibt es heut
Und Kuchen fein. Aus Durrhamehl.*

Gib das Gazellenschinkenbein
Dem wedelnden Hyänenkind …
Hyänenkindlein soll sich freu'n,
Auch wenn wir selber traurig sind!

Und lehn' dein Köpflein, armes Ding,
An meine Brust. Wir sind allein,
Ganz leise klirrt dein Nasenring
An mein todwundes Schlüsselbein …

Des Dorfes Hexenmeister gab
Zum Talisman ein Kettlein dir?
… Beiß mir den kleinen Finger ab!
Und häng ihn dran. »POUR SOUVENIR« …

* Durrhamehl: Hirse

2. Der letzte Brief

Negerkönigs Tochter zieht
In die große Stadt ...
Geb ihr drum ein Brieflein mit.
(Nur ein Palmenblatt.)

Palmenblatt ist groß genug,
Und der Brief geht so:
»MUKURUNDI NUBURUK
NAWAGAMBO MO!«

»MUKURUNDI (Inniglich)
NUBURUK (an Sie)
NAWAGAMBO (denke ich)
»MO« heißt ... Stefanie ...

3. Der Start

Weit aus der Steppe kommt ein Pfiff …
Das Züglein naht mit Zisch und Braus.
Ihm fehlt bloß die Lokomotiv.
Als Vorspann dient ein wackrer Strauß.

Der Bahnvorstand kommt angerannt
Im goldbetreßten Lendenschurz …
Der Strauß steckt's Köpflein in den Sand.
Der Aufenthalt ist schrecklich kurz.

Und ein Giraffenvieh ist als
Bahnschrankenwärter angestellt.
Sperrt den Perron mit seinem Hals
Solang das Sonderzüglein hält …

Dein Handgepäck trägt ein Schakal
Dir ins Coupé und winselt oft.
Jetzt heult und weint er auf einmal!
(Weil er auf Knochentrinkgeld hofft!)

Schakal! Du grinst so süffisant!
Schakal! Du spionierst, du Schelm!
……………………………………
Ich küss' die kleine schwarze Hand.
Und schwenke meinen Tropenhelm.

4. Und der Abgesang

Jetzt sitz ich müd und still im Sand
Und weiß, daß ich ein Weißer bin.
Und denke an ein blaues Land.
Und an ein schwarzes Mädchen drin.

Der Tafelberg aus gelbem Stein
Droht hinter mir und wirkt enorm.
Auch ich bin gelb. Doch winzig klein.
In meiner Khakiuniform …

Liesis Abschiedsbrief

Jetzt liegst in meinen Herz Du bei den Toten!
Für Dich zahlt sich mir keine Träne aus.
Sie sollen recht glücklich werden mit der Roten,
Mit dieser Dirne! (Weiß das ganze Haus.)

So mischt das Schicksal seine krausen Karten.
Derweil ein Herzblut aus der Wunde quillt!
Und tun Sie, bitte, nicht mehr unten warten.
(Die Gnädige ist ohnehin schon wild.)

Und braucht ein Herz nur einen treuen Finder.
Auch habe derzeit einen Bräutigam!
Ein Witwer. Selchermeister mit zwei Kinder.
Und ziehn wir auf den Herbst bereits zusamm ...

Sirenen sind das, diese roten Katzen!
Das haben die Herrn ja gern! Ich gönn's dir eh.
(Die pudert sich mit Reismehl ihre Pratzen.)
Und tragt halt ein Kunstseiden-Combiné.

Ein Heckenröslein liegt im Tal entblättert ...
Kopf hoch, o Herz, verliere nicht den Mut!
Dem Felsblock ist es gleich, wen er zerschmettert.
Das Lebensschifflein gaukelt auf der Flut.

Auch fahre ich in Urlaub nach Amstetten.
Weil dort das Häusel ist von meiner Tant',
(Es wär schon lieb, wenn Du mir – wenn S i e mir schreiben täten.)
Weil dort das wunde Herz den Frieden fand ...

Und werden Sie auf ihre Knieen flehen!
Geh zu der Roten! Nein, mein Herr! Leb wohl!
Es paßt mir nicht, solang beim Haustor stehen.
(Das ich mir dorten Reimatismus hol!)

Liesi

P. S.
Entschuldigen, wenn ich so zittrig schreibe!
Und welken Männerschwüre ach so schnell.
Kein wilder Tiger is zu einen Weibe
So falsch wie ein Elektriker-Gesell!

An mein Wüstenreich

Oh du mein Rehi
Mit deinem Wunderzehi
Eins bitt ich dich, mein Kind:
Geh niemals in die Wüste,
Denn deine zarte Büste
Vertragt kein Samumwind.*

Dann sinkst du vom Kamele
Und deine weiße Seele
Fliegt fort. Denn hin is hin
Und dunkle ernste Scheiche
Umstehen deine Leiche
Das hat doch keinen Sinn.

Dann heulen die Schakale
Beim kargen Totenmahle
(Auch kränkt sich die Mama.)
Und hungrige Hyänen
Vergießen bittre Tränen:
Für sie ist nix mehr da.

Dann komm ich nach paar Jahren
Zu Fuß hinabgefahren,
Als Fremdenlegionär.
Und such ein klares Bächlein
Und find nur weiße Knöchlein
Vom Rehi. Bitte sehr.

* Samum: heißer, sandführender Wüstenwind in Nordafrika.

Forellen-Susi

Mein Susi versteht sich aufs Wasser.
Selbst Fischlein beneiden sie bald.
Ich liege am Ufer als nasser
Bewunderer ihrer Gestalt.

Heut ist sie spazieren geschwommen
Und Stunden auf Stunden vergehn …
Ich frag die Forellen beklommen:
… »Habt ihr nicht mein Susi gesehn?« …

»Du trägst nach Schön-Susi Verlangen?
Dein Susi, es glich uns zu sehr!
Man hat es geangelt!! Gefangen!!
SIE MÜSSEN SICH EILEN, MEIN HERR!«

………………………………………
Im Schwimmtrikot, triefend und triste,
So stürz ich zum Seeblick-Hotel!
Und seh … wie die Bankprokuriste
Mein Susi … grad frißt … der Gesell …

Er lächelt mit teuflischem Hohne
Und frißt – mit dem Messer – mein Glück.
Sie trägt statt der Märtyrerkrone
Im Maul ein Zitronenstück.

………………………………………
(Tags drauf fand man den Prokuristen
Gespalten, im schwärzlichen Blut.
Am Dorfkirchhof – ganz unter Christen –
Dort schläft er heut relativ gut.)

Doch ich seh manch liebliches Kindchen
Und schleich dennoch einsam dahin.
Ich seh stets ein totblasses Mündchen
Mit einer Zitrone darin …

Liebeslied an ein Proletariermädchen

Ich bin ein armer kleiner Jud
Und hab kein scharfes Messer …
Du bist aus altem Vorstadtblut
Und hattest es schon besser.

Denkst Du der Spittelberger* Buam
Mit Mahagoni-Pratzen?
Die sind wie der Novembersturm
Und haben statt Mädchen Katzen!

Die treten Dir – im Maienwind –
Verliebt ins weiße Bäuchlein
Und machen Dir ein Sonntagskind,
Flugs hinterm Fliedersträuchlein.

Dazu fehlt mir die innre Kraft.
Ich kann nicht feurig werben.
Allein von Deiner Jungfernschaft,
Da sammle ich die Scherben.

Und bring Dir süße Mehlspeis dar,
Auch die ist nicht verächtlich.
Und – sind wir auch nicht ganz ein Paar –
Ich denk an Dich. – Allnächtlich.

Das Naserl streich ich Dir zurecht
Und dann die Augenbrauen.
Doch kann ich Dir – selbst wenn ich's möcht –
Die Pappen nicht zerhauen …

* Spittelberg: zu Beginn des Jahrhunderts
Wiener Rotlichtgegend.

Sei mir auch so ein bissel gut!
Auch ich werd einmal größer!
… Ich bin ein armer kleiner Jud
Und hab kein scharfes Messer …

Schwarzschönchen, die Wüstling

Schwarzschönchen, die Wüstling, lebt geil und hetär.
Man legt auf Schwarzschönchen oft größtes Gewicht.
Sie torkelt im Garten der Wollust umher
Und fällt gern zur Beute. Nur mir fällt sie nicht …

Oh, kämst du doch ein Mal zu mir auch gerannt,
Blauringlein ums Äuglein, erhitzt und beglückt,
Das Glied deines Partners noch fest in der Hand –
Ich wollt' dich nicht fragen, wo du es gepflückt!

Oh, kämst du auf einem Beinchen gehinkt,
Dieweil man das andre in Düsseldorf aß!*
Ich schenk dir ein Ringlein aus Gold, und das blinkt,
Und dann lachst du mir wieder, und alles war Spaß!

Und wenn du, gemieden von Männern und Fraun,
Dereinst nachhaus wankst, mit Schande beklebt,
Und wenn du verreckst hinterm Gartenzaun –
Dann will ich mich freun, daß du glücklich gelebt!

Ich bin für dein Seelchen die Tankstation.
Und eines Morgens, im gräflichen Bett,
Wirst du nach mir rufen. Dann ahnst du es schon,
Wie fürchterlich gerne ich mitgespielt hätt' …

* Die Anspielung bezieht sich auf den Fall des Düsseldorfer Massenmörders Peter Kürten, dem Akte von Kannibalismus nachgewiesen wurden.

Holpriges Liebeslied

Weil Sie gar so voll Talent,
Lieb, scheen, wohlerzogen,
Fiehlt zu Ihnen konsequent
Sich mein Herz gezogen.

In dies Buch, was mich bedrängt,
Will ich treulich ritzen.
Dabei denk ich angestrengt:
Kennt ich Ihnen nitzen?

Wär es nicht scharmant und schick,
Wenn zu Ihrer Ehre
Ich Direktorn und Kritik,
Die Sie steern, durchbeehre?

Erstens soll Revolverklang
Ihr Geheer erheitern,
Zweitens wirde dies Ihr Bank-
Konto stark erweitern.

Geh ich irgendwo vorbei
An so Bihnenspiele,
Denk ich: Sind Sie auch dabei?
Freindlich im Gefiehle.

Sind Sie dort im Angaschman
Täglich oder nächtlich,
Lächle das Lokal ich an,
Und frei mich beträchtlich.

Und fir Sie sink ich vergniegt
Stets noch um ein Stickerl,
Bis sich um den Hals mir schmiegt
Eng das Henkerstrickerl.

A) dies wäre tragisch sehr,
B) in aller Munde
C) man druckt es, hohe Ehr,
Auch noch in die »Stunde«.*

Lieg ich einsam und allein
Dann im Graberl drinnen,
Kann ich, was mich nicht tut frein,
Nimmer gern ham Ihnen.

Schluchzen Sie dann bißerl auf,
Weinen Sie ein Tropferl,
Pflanzen Immergrien mir drauf,
In ein Blumentopferl.

* Die Stunde: Wiener Boulevardzeitung der Zwischenkriegszeit, im Eigentum von Imre Békessy.

Hör mich, schönes Beduinenmädchen!

*für Steffa Bernhard**

In einem kleinen Schilfrohrhüttchen leb ich …
Ben Gannef, mein Mäzen, hat's mir geschenkt.
Ob unserm Dörfchen droht der Berg El Nebbich.
Die ganze Nacht hab ich heut dein gedenkt …

Die Tränen bergend, muß das Haupt ich senken,
Sooft du mir vorbeischwebst, sachten Gangs.
Lastautos deines Vaters mußt du tränken.
In langen Reihen harren rote Tanks.

Kamele deines Vaters stehn Spaliere.
Nun trägst du Datteln. Lächelst. Glut im Blick.
Da streichen sich die sonst so sanften Tiere
Die Schläfenlöckchen so kokett zurück …

Dein Vater ist so reich. Er hat Oasen,
Quellwasser steht dort warm und kalt bereit.
Wenn Erntewinde durch das Goldkorn blasen,
Dann wogt es mazzesschwanger meilenweit.

Dein Vater selbst steht schmunzelnd an der Tenne.
Er ist nicht direkt schlecht. Bloß bißchen roh.
Und »ASRA«* nennt er kurzweg alle jenne,
Die sterben müssen. Teils aus Lieb, teils so.

* Steffa Bernhard: Schauspielerin, 1926/27 am Theater in der Josefstadt, später in Berlin.
* ASRA: Kunst- und Grabsteinfabrik nahe des Zentralfriedhofes in Wien.

Ich bin ein Hirt und Dichter. Herden läuten.
Fremd ward das Schwert mir. Sowas lernt sich schwer.
Oh, wär ich Held! Spaß, möcht ich dich erbeuten!
Gott, wenn ich Feldherr bei die Giaurim* wär'!

* Giaurim: Nichtmohammedaner, Ungläubiger
im abfälligen Sinn.

Die Weihnachtsdirne

… Wer kann zur Christnacht schellen?
'S mag wohl 'ne Dirne sein …?
Im Lichterglanz, im hellen …
Beim Himmel! … Bist du's? … Nein!!!

So kann nur Laster lohnen …
Seht, wie sie niedersinkt!
Der Mund voll gold'ner Kronen,
Die Augen blau umringt.

Am Hals die grelle Masche,
Geschminkt und tränenblind,
Und in der Aktentasche
Ein mürrisch' Sündenkind!

Der Kranz? Verwelkt! Zerrissen!
Das Herz? Verfault! Verdorrt!
Schweig still … Nichts mag ich wissen!
Hier find'st Du sichern Port!

Sollst nimmermehr Dich wälzen
In Gossen und in Lust!
Sieh', wie die Kerzlein schmelzen!
Ruh aus an meiner Brust!

Horch! Weihnachtsglocken klingen!
Verzag' nicht an der Welt!
Die Osterhäslein singen,
Das Hurenkindlein bellt …

Der Zerrissene oder »Wohin rollst du, Christelchen?«

Das süßeste Mädel, das Schnitzler entwarf
War ich … Aber das is vorbei!
Er hat mir halt Vorschriften g'macht, was ich darf,
Und ich war ihm (durchschnittlich) treu …
Da war grad zu Pfingsten a Heurigenpartie!
Die Mizzi von Schlager, d' Frau Garlan und i,
Der Schnitzler, der Max … uj, a Mordsdrahrerei!
(Und nur das Fräul'n Else war no net dabei.)
Am Nebentisch sitzt a sehr gspaßiger Herr:
Sandalen, a Zwicker, sehr bleich …
Da fragt Leutnant Gustl: »Marqueur! Wer ist der?!«
Der sagt: »Bitte sehr! Bitte gleich!«
Der Herr von Altenberg is das! – Ja, Gnädigste, der kanns!
Bei dem sind Damen, ohne Gspaß – a Göttin und a Gans!«
Worauf ich noch zur Mizzi sag: – »Du hörst, das wär was Schöns!
I möcht zum Peter auch acht Tag! – I möcht zur Konkurrenz!«

Der Schnitzler hat g'jammert: »Geh Christl, sei gscheidt!«
Doch ich hab mich g'löst aus dem Reigen!
»Wer gibt dir a Christl ab, da, vor die Leut!
Laß di von die Schrammeln hamgeigen!
Der Wein in Rodaun* hat mir eh nimmer g'schmeckt
Und allweil gerührt und zum Sterben aufg'legt …
Jetzt zeigst mir den Weg ins Freie! … Leb wohl!
A Mann mit Familie is ka Anatol!«
Ganz fesch war im Riedhof das Abschiedssouper,
Der Schnitzler war bissel verstimmt …
I mach meine vierzehn Auflagen und geh!
Der Arthur is eh scho berühmt!
I hau das noble Leben weg! – I muß was Einfachs haben!
I geh kan Sommerhaidenweg!* – I geh amal am Graben!

I laß mi jetzt beim Peter schreiben! – Der fliegt auf die Essenz!
I möcht an Schwarzen schuldig bleiben! – I geh zur Konkurrenz!

Jetzt bin i beim Peter! Das hab i davon!
Er lernt mir das »göttliche Schweigen«.
Er kauft mir a Milch und an blauen Ballon,
Den lassen mir im Rathauspark steigen!
Dabei bin ich innen und außen wie Schnee,
I friß ja nur lauter Erdäpfelpurée!
Und trag »Peter-Altenberg-Schmuck« überall …
I trau mich bald nimmer heraus vom »Central«!
Dann legt mich der Peter um punkt acht Uhr früh,
Ins Betterl, entworfen vom Loos …
Und küßt mir die Fußerln und sagt mir »Marie« …
Nur sonst is halt leider nix los …
A Göttin sein is eine Plag! – Der Herrgott hat mi g'straft!
Wann i zum Peter »Arthur« sag – geht er mir gleich in Saft!
Jetzt wird zum Weinen die Natur – das ist der Schnitzler-Lenz!
I möcht zum Schnitzler-Turl retour! – I möcht zur Konkurrenz!

* Rodaun, Sommerhaiderweg: Erholungsgebiete am Stadtrand von Wien.

Dritte Runde

Starke und andere Männer

Der Champion

Der große Weltmeister saß noch in Haft …
Da hat er erst kindlich gebellt
Und warf sich nach vorne! … So kam er voll Kraft
Zwei Monate früher zur Welt!

Er trug einen Trainingsanzug aus Zwilch.
In die Händchen spuckte er und …
Er schwenkte die Amme voll schäumender Milch
Und leerte sie bis auf den Grund!

Auch hatte er Tempo, und das war sein Reiz.
Geboren ward er um acht Uhr.
Um neun Uhr trainierte er Seilsprung bereits
Mit der eigenen Nabelschnur.

Die Gynäkologen, die haben geknurrt!
Dies Kindlein war sehr renitent.
War weder gehemmt noch Zangengeburt?
Rekord war es! Hundert Prozent!

Sie lockten das Kind in den Stahltresor
Und füllten denselben sofort
Mit Alkohol! … Hängten ein Täfelchen vor,
Drauf schrieben sie:

»Nie wieder Sport!«

Der Hetmann zieht in den Krieg

Hej, Katjuschka! … Nun, mein Täubchen,
Geht's zum Kampf mit Heidenhunden!
Bring dir mit ein gold'nes Leibchen
Und ein Kettlein, goldgewunden.
Küß mich einmal, Birkenstämmchen,
Auf den Schnauzbart! … Na, küß zu!
Willst nicht? Satanshexe du?
Wart einmal, mein Seidenlämmchen!

He, mein Rappe! … Auf ein Wörtchen!
Hast ein Roßhaarschweiflein hinten?
Na, so laß dir einmal, Pferdchen,
An den Schweif mein Mädel binden
Mit den schwarzen Rabenhaaren!
… Nun, Katjuschka, Gott mit dir!
Wackres Pferdchen, galoppier!
… Täubchen will spazieren fahren …

Werde liegen bald und stinken
Auf der Steppe, auf der kalten!
Will doch einmal Tee noch trinken
Aus dem Samowar, dem alten …
… Kesselchen, nun laß dir geben,
Mutig, nach Kosakenbrauch,
Einen Tritt, du Kupferbauch!
Willst den Hetmann überleben?

Brauch nicht Tee, nicht Weib, noch Rößlein!
Sauft mein Heldenblut, ihr Wiesen!
Hab doch noch mein Branntweinfäßlein
Und den Dolch mit den Türkisen.

……………………………………

Wenn das Frührot glimmt im Osten,
Steh ich vor der Himmeltür …
»He, Sankt Peter! Öffne mir!
Willst nicht meinen Wodka kosten?« …

Der Hypochonder auf Brautschau

Der Vater Käthes
Hat Diabetes.
Die Mutter von Clementia,
Die leidet an Dementia.
Die Tante von der Irma
Hat irgendwelche Würmer.
Der Onkel von der Blanka,
Der hat – so sagt man – Schanker.
Die Schwester von der Mary
Hat – hör ich – Beri-Beri,
Ihr Großonkel, der Barlach,
Der hat schon wieder Scharlach,
Und ihre alte Oma,
Die liegt schon lang im Koma.
Der Vetter von Regina
Hat chronische Angina.
Die Urgroßmutter Rosis,
Die hat Furunkulosis,
Ihr Schwager, der Semit is,
Der hat Appendizitis ...
Ich will nicht sagen – was glauben Sie denn? –
Daß ich alle lateinischen Krankheiten kenn!
Ich sag nur, daß ich als vorsichtiger Mann
In so belastete Familien
Beim besten Willen nicht einheiraten kann!

Histrione*

Magst du Reines? Hundsgemeines?
Willst du ins Theater gehn?
Für ein Silberstück, ein kleines,
Kannst du einen Helden sehn …

Wenn wir uns zum Aktschluß schneuzen,
Schreitet er durchs Gittertor
Wo sich graue Latten kreuzen,
Und schon kommt er nicht mehr vor.

Der Friseur holt die Perücke,
Kratzt die hehre Miene ab.
Und dann bricht ein Held in Stücke.
Garderobier, trag ihn zu Grab!

Halbverbrauchte Schminkestangen,
Etwas müdes Lappenwerk,
Mitten drin, mit falt'gen Wangen,
Ein verbrauchter Menschenzwerg …

Wie soll sich der Zwerg betragen
Wenn er dann, nach zehn Uhr, liebt?
Soll er ihr »Verworrrfne« sagen?
(Ob es das im Leben gibt?)

Täglich bringt er seine Seele
Dir von neuem, weichgekocht.
Hohes Wort entklingt der Kehle.
Doch das Pathos wirkt durchlocht …

* Histrione: Schauspieler im alten Rom.

Genügsamkeit

Schon wieder kommt Sehnsucht, um mich zu benagen!
Sven Hedin! … Jack London!
Ich möcht einen Löwen seit Tagen erjagen!
Was sag ich! Seit Monden!

Das Ofenrohr ist ein Gewehr! (Für den Kenner!)
Mit Mühe nur schlepp ich's!
Als Lagerfeuer … Der Spiritusbrenner
Inmitten des Teppichs!

Die Katze – für deren Charakter ich bürge –
Sei Löwe der Lüge!
Jetzt fehlt noch der Aasgeier aus dem Gebirge!
Kanari! Nun fliege!

HORRIDOH!!!

Der Teppich brennt hell. Es ist zwecklos, die Tinte
Darüber zu schütten.
Ich müßte ihn wohl samt der Ofenrohrflinte
Der Wirtin vergüten?

Die Katze ist nach dem Kanari geklettert.
Ihr Auge blickt glutig.
Vorher hat sie mir noch die Brille zerschmettert,
Doch ich fühl mich mutig!

Die Tür ist verriegelt. Die Wirtin, die Memme,
Hör ich lamentieren.
Das sind die umwohnenden Negerstämme
Die mir gratulieren! …

HALALI!!!

Der jüdische Cowboy

Was ham Sie davon? Nie hab ich gelernt …
Ham sie mich aus der Handelsschul genommen …
Sechs Wochen Zwischendeck … Gott, wie entfernt!
Wie bin ich auf das Roß heraufgekommen?

Gott schau ich aus! Zuhaus! Schön möcht man schaun!
Selbst in der Bar geh ich durchs Hintertürl!
Nicht vor die Tür möcht ich zuhaus mich traun
Mit dem Revolver und den Lassoschnürl!

Ein Hemd hab ich, so rot und blau kariert.
Ein Barchentstoff*. Und alle Tag dasselbe.
Wir ham zuhaus das Muster auch geführt.
Sekundaware. Rückwärts im Gewölbe …

No ja, ich träum noch manchmal von zuhaus …
Doch meistens träum ich von die Pferdeherden.
Die Viecher! Hauen vorn und rückwärts aus!
Das träumt sich! Nicht geträumt sollen jenne werden!

Heut ham sie mich gefragt: »Haudujudu?«
Ich bin zersprungen! Wie wann sie nicht wüßten!
Dann schickern* sie … Da tut sich … da geht's zu …
Dann hocken sie besoffen auf die Kisten …

Ein Indianerkind in Steppengras
Bin ich begegnet. Neulich, vor paar Tagen …
Ich bin an ihr vorbei. Was brauch ich das …
Da hörte ich sie leise »nebbich« sagen …

* Barchent: Baumwollflanell.
* schickern: trinken.

Spieglein, Spieglein an der Wand

Ich bin schön … wie die Sünde! … Ich weiß es längst.
Mein Herz und mein Glück liegt in Hollywood.
Du! Wenn du zu lachen dich unterfängst,
Fahr ich hin, daß du weißt, wie die Sehnsucht tut!

Ich schmecke den Mädchen gar wohl, ich weiß.
Wie in Dreck gefallenes Butterbrot.
Und einmal tu ich's den Mädchen zu Fleiß
Und spring ins Gewässer. Und schieß mich tot …

Ich bin schön wie die Sünde. So war's seit je …
Nur ich bin gegen mich selber immun.
Und wenn ich mich manchmal im Spiegel beseh,
Dann … möchte ich keine Sünde mehr tun …

Legende

Ein Sklavenhändler vom Bosporus
Hat immer seltene Gaben.
Er brachte dem Kaiser Tiberius
Zweihundert Stück U n l u s t k n a b e n …

Der Kaiser sah sie … Und weinte gar sehr.
Der Händler lüftet die Kappe:
»Ein Unlustknabe is ja, oh Herr,
Gedacht als bloße Attrappe!

Der Lustknaben vierhundert hast du ja schon
Und – wahrlich – jene sind lecker!
Doch dies ist die neueste Kreation
Für nur verwöhnte Geschmäcker!« …

… Die Unlustknaben verteilte man nun
In des Palastes Bezirken.
Dort hatten sie gar nichts andres zu tun
Als bloß: ABSTOSSEND ZU WIRKEN!

… Wenn alle, die Unlustknaben sich fühl'n
Nur zu Tiberius könnten!
Dort würden sie höchste Preise erziel'n!
(Bis zu zweihundert Talenten.)

Revueboys

Revueboys sind den Girls zu vergleichen …
Sie sind aus gleichem Stoff. Ich hab's gewußt.
Die Beine sind die gleichen, ziemlich weichen,
Die Boys jedoch, sie haben viel mehr Brust.

Revueboys sind so munter und viel bunter
Als alle andern Boys, die man so trifft!
(Obzwar auch dort mitunter nette drunter)
Sowie der Cow-, der Messenger-, der Lift-.

Hat ein Professor solchem Märchenwesen
Je eine »Fünf« ins Klassenbuch geschmiert?
In Boygesichtern kannst du's nimmer lesen!
Die sind punschtortenrosig und glaciert.

»KEEP SMILING!« – Und so lächeln sie for ever!
Was soll's bedeuten, daß ich traurig bin?!
Sie sind so smart und fit und quick und clever …
Kein Hauch mehr mahnt an Dresden oder Brünn.

Gern stellte ich den Süßen einen Teetisch
Beladen mit Bonbons vor die Garderobe!
Doch sie, die Zarten, leben diätetisch
Und außerdem … es sähe aus als ob …

So schleich ich fort. Und zwar gerad deswegen!
Was jeder Unmoderne gern begreift.
Denn die Natur schuf uns nur zu Kollegen.
Doch Mägdlein sind so zart und weich geschweift …

An mich selber

Ich liebe zärtliche Blondinen
Und läge schrecklich gern auf ihnen.
Sie weigern sich. Auch die Brünetten
Sind gern allein in ihren Betten.
Und auf den Bettchen von die Roten
Steht: »Eintritt Hammerschlag verboten!«
Mensch, bleibe was du bist –
Onanist!

Peter Altenberg allein

Und weil ich heute fünf blitzblanke Kronen
Mir grade abgeholt hab von der Bank:
Sag ich all denen, die mich so reich lohnen,
Den Herren »von«, Doktoren und Baronen
Von Kellners Gnaden meinen besten Dank!
Ich schreibe nicht. Weil ich das nicht verstehe!
Doch, was mein Auge streichelt oder brennt,
Das fühl ich ganz! Vom Wirbel bis zur Zehe.
Aufschreiben kann ich nur, wie »ich es sehe«,
Auf loses Blatt in kritzligem Kurrent …
Ich schreib Fußnoten unter Weltenwunder.
Ins Buch des Lebens manchen Randvermerk.
Die Gänse sagen »Meister« mir mitunter …
Doch leider ist nichts »Spannendes« darunter!
»Er schreibt so schrecklich kurz, der Altenberg!«
    Geboren zu Wien. Als ein Dichter. Nur Pech.
    Heut führ ich mich selbst aus, drum bin ich so frech!
    Sonst sitzt mir das Herz nur so locker.
    Und, weil ich der »narrische Altenberg« bin,
    So zahlt bitte auch, eurem Wurstel von Wien
    Na, sagen wir … ein' doppelten Mokka!

Und weil soviel Gefühls-Analphabeten,
Die mich beim »Last«* nicht ausgeborgt einmal,
Zu meinem Stammtisch kommen, ungebeten,
Zu jener Schlachtbank für Geschmacksproleten,
Am Fuß der Säule, im Café Central.
Heb ich von jenen, die mir dort noch nahten,
Zehn oder zwanzig Kronen ein. Tribut!
So mache ich aus Trotteln Mäzenaten.
So kommt ein jeder leicht zu guten Taten,
Und die Gerechtigkeit schreibt mir das gut …
Dann fühl ich mich erst unter wirklich Feinen,

Wenn ich mich so an eurem Zuspruch stärk!
»Sie, Peterl!« sagen mir zumeist die einen,
Das sind noch die, die es mir besser meinen!
Die andern sagen bloß: »Sie, Altenberg« …
    Man lernt sich beherrschen. Es geht, gottseidank.
    Ich pflege zu lächeln, doch wird mir oft bang,
    Vor soviel Verehrern und Lesern!
    Doch, sagen sie gar, wie »verwandt« sie sich fühln,
    Dann möcht ich zum Ober um Hilfe oft brülln:
    Sie, Leopold! Weg mit den Gläsern!

Und weil's mich freut, daß ich zu euch nicht passe,
Hab ich euch auf das große Wien beschränkt …
Für mich der Graben, etwas Teinfaltstraße!
Ein Mensch lebt in der Dorotheergasse,
Der mit dem Hirn fühlt und den Nerven denkt.
Ein Stückchen Rathauspark ist auch mein eigen …
Doch soweit pfleg ich selten nur zu gehn.
Wo vom Diabolo die Spulen steigen,
Wo kleine Mädchen braune Beine zeigen
Und bunte Tulpen auf den Beeten stehn …
Sechs Heller zahl ich, und dann darf ich sitzen.
Verhocke so ein Stückchen Lebenswerk.
Wollt ihr die große Stille mitbenützen?
Nein! Eure Stimmen dringen durch die Ritzen:
»Ja, da schau her, da sitzt der Altenberg!«
    Und wenn ich einst weit übern Rathauspark geh,
    Dann wird man vielleicht aufs Gedächtnis-Portrait
    Mein breitschwarzes Zwickerband malen.
    Vielleicht auf das Hemd bunte Karos noch drauf.
    Das andre, das fällt euch ja doch nicht so auf.
    Sie, Leopold! Ausnahmsweis: ZAHLEN!

* Last, Ludwig und Albert: Wiener Leihbibliothek.

Vierte Runde

Groggy

Wach-, Wunsch- und Angstträume

Wurzelbehandlung

Mein Zahn kriegt violetten Drink.
Der Arzt tut's knechtisch und beschämt.
So wie man Helden, kühn und flink,
Durch Schnaps und bunte Dirnen lähmt.

Der Arzt ist ruhig und gefaßt.
Ich hatte mal ein Mädchen lieb …
Es heult acht Uhr. Die Arbeit rast.
Der Starkstrom kommt! Fabriksbetrieb.

Transmissionen … Wie mir scheint
Sind es wohl an fünfhundert rund.
Werkmeister brüllt. Ein Lehrling weint.
Und alles das in meinem Mund!!!

Das war die Schläfe, wie ich glaub,
Die jetzt der Bohrer blank durchbrach?
Gehirnpartikel, Knochenstaub
Und Muskelfasern quellen nach …

Der Bohrer tanzt zum Trillerton
Und wächst und tanzt sich nicht genug!
Schon wühlt die Spitze im Plafond
Und von der Decke trieft der Stuck …

Nun mixt mir Cocktails, Gins und Flips
Aus Formalin, so würzig-stark!
Die Zunge fühlt. Es schmeckt nach Gips.
Am Dienstag?! … Neeeeeeein, es war nicht arg …

Ein altes Liedlein

ganz neu aufmontiert

Es war Klein-Limousine
Des Fabrikanten Lust.
Er tränkt' sie mit Benzine
Und stolzer Vatermiene
An seiner breiten Brust.

Da kam ein frecher Knabe
Der Fahrerprüfung bar.
Der wollte sie zur Labe,
Wiewohl all seine Habe
Die Dreß aus Leder war.

»Was kommt dir in die Quere?
Gleich schilt mein Väterlein!
Denn meine Mädchenehre
Kriegt nur ein Herr Chauffeure
Mit einem Führerschein!« …

»Ich will zur Bar dich führen!
(Papa ist geisteskrank!)«
… Da ließ Klein-Ding sich rühren
Und kroch auf allen vieren
Mit ihm von Tank zu Tank.

Er wußt' sie nicht zu lenken,
Da sprang ihr Herz und Lack.
Er tat sie bitter kränken
Und ihr Chassis verrenken,
Bis sie im Graben lag …

Da griff er nach dem Sweater
Und sprach: »Um dich ist's schad!«
Und ging nach Haus als Täter
Wohl tausend Kilometer!
(Zu Fuß!!!) … Daß Gott ihm gnad'!

Die Blümlein, die verblühten,
Weil sie zu früh geküßt.
Kann die kein Mensch vergüten.
… Du sollst dein Kränzlein hüten,
Auch, wenn du Auto bist …

Das Aufspringen

Ich bin das Aufspringen! … Hören Sie?
Ich liebe die samtenen Knöchelbrüche.
Ich liebe zerrissenes Hosenknie.
Und Strafmandate! Und Schaffnerflüche!

Der Autobus trägt Sie zwar schnell, doch ins Grab!
Sie wissen, wie schnell heut die Toten reiten!?
… Drum leg ich Sie sanft vom Trittbrett herab,
Wo milde Pneumatiks über Sie gleiten …

Kein Knochenbruch dringt bis ins Rückenmark …
Auch über Spitalsdiät soll man nicht fluchen …
Oh! werden Sie bald recht gesund und stark,
Dann wollen wir wieder den Aufsprung versuchen!

Und sagen Sie nicht, ich wär ekelhaft!?
Ich war schon vor Ihnen, vor tausenden Jahren,
Ein winziges Teilchen von jener Kraft,
Die nicht will, daß Menschen Straßenbahn fahren …

So gegen eins

Es saßen drei dicke Gespenster einmal
Auf einer kaum sichtbaren Bank.
Erzählten sich Schnurren voll tiefer Moral
Und manchen todtraurigen Schwank.

Das Obergespenst sagte freundlich und hohl:
»... Ihr zwei seid noch jung und recht dumm.
Glaubt mir! Es gibt heute noch Menschen! Jawohl!
Doch die gehn bei Tage bloß um!

Sie sind so lebendig und voller Geräusch.
Lebendig sein ist so gemein.
Sind fürchterlich anzuschaun! Rundum voll Fleisch!
Und bilden sich noch drauf was ein!

Glaubt ihr, daß ein Mensch je durchs Schlüsselloch fließt,
Für unsereins fast noch zu groß?
Der reißt noch die Türe auf, wie er schon ist
Und schmeißt sie dann dröhnend ins Schloß!

Besonderen Lärm, den benennen sie »SPORT« ...
Wißt ihr, wie man Menschen beschwört?
Man drückt eine Klingel! Da kommt euch sofort
Ein Mensch! Und er flucht, weil man stört ...«

Die Geister erschraken und wurden ganz still.
Sie lauschten. Es ward ihnen bang.
Da fuhr grad ein Lastenautomobil
Die Mauer des Kirchhofs entlang ...

Es fiel …

Der Embryo und das Sechsmonatkind
Die bauten Luftschlösser und Burgen …
Sie liefen vom Hause, wie Kinder sind …
Da wunderten sich die Chirurgen …

Sie fanden nicht Amme, noch Mütterlein,
Sie spähten umsonst in der Runde.
Sie waren so losgelöst und so allein,
Rundum schwarze Männer und Hunde.

Sie weinten und wollten nicht weiter gehn
Und küßten noch einmal sich innig.
… Sie zeigten sich selbst an beim Assisten-
Ten der gynäkologischen Klinik.

Auf ihrem Grabe zwei Gläslein stehn …
Drin sind sie – bläßlich und kindlich –
In Spiritus bis auf weitres zu sehn.
Denn ihre Liebe war sündlich …

Dann kam der Diener der Anatomie,
Der hat die Gläslein zerschlagen.
Da wurden die beiden, erst er, dann sie,
Endgültig zu Grab getragen …

Echter Schloßgeist

Ich bin ja nur das – uhuhu! –
Das Burggespenst, das alte.
Und schau bei Tag als Steinuhu
Den dummen Burgbesuchern zu
Aus einer Mauerspalte …

Gibst du dem Kastellan – huhu! –
Zwei kleine Kassenscheine,
Sperrt er das Geisterzimmer zu!
Dann spuken wir, wir zwei, juhu!
Ein Stündchen ganz alleine!

Befiehlst du fahlen Geisterglanz?
Huhu? Ein wenig lynchen?
Im Leichenhemd, voll Eleganz,
Stepp ich dir einen Klappertanz!
Auch Stöhnen? … Wie Sie wünschen!

Ich bin ein müder Knochenmann …
Warum? Ich hab's vergessen!
So kauf dir doch beim Kastellan
Das Sagenbuch und lies es dann!
Huhu! – Sei nicht vermessen!

Du könntest mich erlösen, du?
Mit Staub von Hexenbesen.
Gehenktenschmalz nimm auch dazu
Und Jungfernmilch! … Doch wer, huhu,
Macht sich wohl solche Spesen? …

(Es beginnt bitterlich zu weinen.)

Technischer Frühling

Mein Motorrad grast froh am Rain.
Der Frühling kommt. Die Stoppuhr schlägt.
Ich sehe wie ein Bäuerlein
Den Dampf-Pflug flott geschultert trägt.

Halb schüchtern naht ein Hanomag
Und küßt mein Rad auf beide Pneus …
Die Platte trillert Lerchenschlag.
(Gespielt von den Jack-Hylton-Boys.)

Die Schwalben hocken in der Luft.
Der Telegraphendraht ist fort.
Lautsprecher nach dem Weibchen ruft.
Die Schnecken treiben Schnellkriechsport.

Im Himmel sitzt zur Stunde wohl
Der liebe Gott, so sanft und nett
Im sternbesäten Overall
Vor seinem großen Schalterbrett ...

Wir wollen fröhlich tun und spieln
Mit Tönen, Wellen, Stahl und Strahl.
Wenn wir uns dann verzweifelt fühln,
So hilft er uns wohl noch einmal …

Hawaian-Gitarre

Es hocken die Weißen im Kabarett,
Teils einzeln, teils heftig umschlungen …
Das neu Chanson mit dem Himmelbett
War reizend. Und jetzt wird gesungen.
Päng-miau-wang!
Zur Hawai-Gitarre gesungen.

Die Südsee bleibt vorderhand noch modern
Als d a s Paradies für die Blonden.
Die See ist so süd und das Recht ist so fern,
Ein jeder sein eigner Jack London.
Jang-miau-wang!
Ach, wären wir doch Vagabonden!

Die Südsee-Menschlein sind voller Vertraun
Und zahlen fürs Leben gern Steuern.
Die Mädchen sind hell, die Männer sind braun
Und lassen als Heizer sich heuern.
Njau-miau-wang!
Und trinken gern Schnaps. Auch den teuern.

Die Hawai-Mädchen sind, was man so hört,
Fast könnte man sagen, willfährig.
Sobald du erst dort bist und keiner stört,
Benimmst du dich recht ungehörig.
Mau-miau-wang!
Sie sind ja ganz sanft und gelehrig.

Wenn Hawai-Bursch ein Hawai-Mädel liebt,
Kriegst du auf die Stirn eine Schmarre*
Und schwimmst durch die Südsee. Still und betrübt …

* Schmarre: Hiebwunde.

(Behauptet die Hawai-Gitarre.)
Hau-miau-wang …

. . . .

Als Weißer mit Leichenstarre.

Die Ballade vom Lustmörder Plawatschek

Alle Jahre einmal im Quartale
Packte es den Alois Plawatschek.
Plawatschek an ihm war das Brutale;
Doch das Alois war ein lieber Schneck.

Und der Mädchen schlanke Sommerhälslein
Wuchsen braun aus duftigem Batist …
Gerne hätte Alois wie ein Gelslein
Hingestochen – nämlich: hingeküßt …

Doch er zahlte ihnen bloß ein Seitel,
Und er war und blieb ein Mann voll Charme.
Dachte Plawatschek an Taschenfeitel,
Fiel ihm Alois hemmend in den Arm.

Einstmals saß er friedlich bei den Schrammeln
(Denn das war sein angestammter Sitz) –
Da begann um ihn sich zu versammeln
Dr. med. et phil. Knut Horowitz:

»Sie sind einer von den selt'nen Fällen!
Lagen Sie im Mutterleibe schief?
Pflegen Sie beim Koitus zu bellen?
Haben Sie ein Keim-Päderastiv?

Herr – was ich da seh, sind Mörderhände!
Großer Gott – Sie sind ja schizophren!
Ihre Nasenflügel sprechen Bände!
Reagier'n Sie ab – sonst werd'n Sie sehn …!«

Plawatschek ergriff den Mann beim Kieferl,
Sah ihn an und murmelte: »Ah so …«
Dann zerfleischte er das Psycho-Schlieferl
Ganz und gar; vom Hals bis zum Popo.

Nachher ward sein Seelchen wie ein Spiegerl …
Blau gen Himmel stieg Virginier-Rauch …
»Fräulein Mitzerl … Gollasch, und zwei Krügerl …
Und den Judenbankert zahl ich auch …«

Alois warf sein kleines Taschenmesser
Hinter Grinzing in den Abendwind.
Überhaupt – es war ihm schon viel besser,
Und er sah die Mädchen, wie sie sind.

Krüppel-Fox

1.
Ist mir einmal besonders wohl,
Dann geh ich zu den Blinden,
Da lach ich mir den Buckel voll,
Wenn die die Tür nicht finden.
Die Lahmen lock ich in mein Haus,
Wohl in ein dunkles Gangerl,
Zieh ihnen die Prothesen aus
Und spiel mit ihnen fangerl.
    Krippel haben so was Riehrendes,
    Krippel haben was Verfiehrendes,
    Wenn ich mit einem echten Krippel spiel,
    So is das stets fir mich ein Hochgefiehl.

2.
Ich sprach zu einem Mägdelein:
»Du hast nur einen Haxen –
Das macht mir nix, sei trotzdem mein,
Er wird Dir doch nicht wachsen!«
Da bracht sich mir das Mägdlein dar
Im weißen Bettgehege.
Ihr abgehackter Haxen war
Zumindest nicht im Wege.
    Krippel haben so was Riehrendes,
    Krippel haben was Verfiehrendes,
    Wenn ich bei einen echten Krippel lieg,
    Is das mein allerallerhechstes Glick.

Pülcher-Dialog ad infinitum

»Tepperter, was schaust denn so?«
»Wer is bei dir teppert?«
»Der was fragt!!« – »Geh kusch!« – »Ziach o!«
»Willst a paar daß's scheppert?«

»Rotziger, bist' lebensmüd?«
»Wannst was willst, kräull umi!
Bring glei's Partezettel mit!«
»Glaubst vor dir verkumm i?«

»Alsdann trau di! Da hau her!«
»Trag dein G'wand zum Tandler!
Glaubst mir graust vor gar nix mehr?«
»Putz di, wecher Sandler!«

»Geh schleich du di, und sei froh!«
»Schaut's eahm wia-r-er scheppert!«
»Tepperter, was schaust denn so?«
»Wer is bei dir teppert?«

Ungarische Schöpfungsgeschichte

In Anfang war – das ist bestimmt –
DER WORT, auf griechisch: Logosch*.
In Weltmeer ist herumgeschwimmt
Die Ur-Getier, das Fogosch*.

Gewackelt hat das ganze Welt;
Daß Wind sie nicht davonweht,
Hat rechts und links Gott aufgestellt
Zwei dicke, schöne Honvéd*.

Was hat dann Gott zuerst getan?
Den Affen, ohne Frage.
Órangutan es Délutan,
Was ham gemacht die Tage.

Das Adam hat er dann gebaut,
Den alten Hendelfanger,
Was Eva hat gekriegt zu Braut
Auf eine grüne Anger.

Ein Mulatsag war ganzes Welt,
Nur Schlange hat genagen …
Und – tessék – hat auf Angyalföld*
Der Kain den izé* erschlagen.

Da hat das liebe Gott gepfeift,
Hat sich gebäumt der Máros*,
Und mit der Sintflut hat ersäuft
Das ganze Lipotváros.*

* Logosch: das S wird im Ungarischen als Sch ausgesprochen.
* Fogosch: im Plattensee beheimateter Fisch.
* Honvéd: farbenprächtig uniformierter Landwehrmann.

Wie Erde bissel trocken war,
Hat angefangt in reiten
Held Attila mit Hunnenschar,
Um Kúltur zu verbreiten.

Und Hunne kommt bis Semmering
Und dort fangt an zum Sparen,
Wird sitzhaft, sanft wie Schmetterling,
Aus Hunnen werden Magyaren …

Sie haben gesucht sich Weideplatz.
Als echte Ungar-Ahnen
Haben große, grüne, fesche Katz
Gehabt sie auf die Fahnen!

Erst hat gegründet Ungarland,
Dann Rom, Athén és Kréta,
Und alle Menschen, was bekannt,
»Sind nachgekommen späta.

Wann Stadt hat rückwärts »a« und »o«,
War Ungar Urbewohner.
»Kalkutta« – »Praga« – »Karthago«,
»Tokio« és »Verona«.

In Papyrusch man liest seit je
– Nur leider ging verloren –,
Daß Kléopatra Kiralyné*
In Kispest war geboren.

* Angyalföld: Engelsfeld, Budapester Außenbezirk.
* izé: Verlegenheitsausdruck, entspricht dem deutschen Dingsda.
* Máros: Meer
* Lipotváros: Leopoldstadt, Budapester Stadtbezirk.

Magyarisch war Literatur,
Von angefangen Psalter
Bis Cató, Plautusch, Terenc-úr
Und Vogelbácsi Walther.

Denn jede große Mann mit »i«
Ist ein Magyar gewesen.
Bei Górki, Gándhi, Márkonyi
Kann man das selber lesen.

Auch dürfen wir vergessen nie
Das größte Kolorierer,
Berühmter Müvész* Ajtossi*,
Was Schwaben rufen »Dürer«.

Und wer war größtester Magyar?
Das Goethe-János*, bitte.
Weil er aus Nagy*-Weimárosch war,
Wo herrschte Ungarsitte.

Joj! Was wär Wien? Wien wär für Katz!
Szent István* hat gegründet
Auf István-ter* den Stefansplatz,
Weil Mitleid hat empfindet.

* Kiralyné: Königin.
* Bácsi: Onkelchen.
* Müvész: Künstler.
* Ajtossi: Tür.
* János: Johann.
* Nagy: groß.
* Szent István: der hl. Stephan, ungarischer Nationalheiliger.

In dreißig Jahren Türkenschlacht
Hat Wien geholt sich Kränze,
Weil Reiterstiefel ham gemacht
Die Gardos* und das Bencze*.

Und hätt sich Welt beleuchtet? Nie!
Elektrisch wär verloschen,
Wenn hätten Vólta, Gálvanyi
Kein Licht gemacht aus Froschen.

Großwerdung Wiens sich findet statt
Um 1880,
Wo Cikos, was zwei Pferde hat,
In Wien Fiaker macht sich.

Wann vier Zigeuner – schon gezähmt –
Mit Geige sich versammeln,
Man hat sie gleich nach Bécs* genehmt
Und hat genannt sie »Schrammeln« …

Womit auf Wiener Kunst ich komm …
Wer war das Kindesvater?
Das war der Molnár-Liliom!
Was baute Burgtheater!

In Oper hört man früh und spät
Nur ungarisch erklingen:
Hajmassy, Németh, Anday, Svéd*,
Was Vérdyi Józska singen.

* Gardos und Bencze: Schuhsalons am Wiener Graben.
* Bécs: ungarisches Wort für Wien.
* Hajmassy, Németh, Anday, Svéd, Bokor: Mitglieder der Staatsoper, ungarischer Herkunft.

Von wo nimmt Kerber* Stimmen her?
Svéd! Németh! Anday! Bokor!*
Und Decsey kommt als Kritiker
Und Ringlein kriegt das Csokor!*

Es klingt und singt sich fern und nah
Das Wiener Operette.
Es galt* und rökkt* sich hie und da ...
Von uns kommt das Soubrette ...

Doch wird Magyar, Baratocskám*,
Stets Wiener Erbe wahren,
Denn Kálman, Lehár, Abrahám
Steht Wacht wie drei Husaren.

Darum kann Wien jetzt ungeniert
Den Paradies erwarten –
Das Pataky hat renoviert
Die ganze Wundergarten.

Nicht jeder kann bei Zsolnay sein,
Doch Vorschuß wird gegeben
In Marton-Dichter-Sparverein*,
Aus was blüht Neues Leben!

* Kerber, Erwin: 1891 bis 1943; Geschäftsführer der Salzburger Festspiele, ab 1933 Direktoriumsmitglied der Wiener Staatsoper.
* Decsey, Ernst: 1870 bis 1941, Musikschriftsteller und -kritiker.
* Csokor, Franz-Theodor: 1885 bis 1969, Schriftsteller, dem 1937 der Burgtheater-Ring verliehen wurde.
* Gál, Hans: 1890 bis 1987; Komponist und Dirigent.
* Rökk, Marika: geb. 1913, Schauspielerin und Sängerin.
* Baratocskám: mein Freundchen.
* Marton, Georg: Literaturagent und Verleger, ab 1919 in Wien.

Ungarherz muß vieles leiden,
Steht in Hintergrund bescheiden,
Aber zupft sich Lied auf Zither:
EXTRA HUNGARIAM NON ESCHT VITA!

Fünfte Runde

Knock out

Überirdische Wesen

Terzinen vom Kontrollor

*In memoriam Hugo von Hofmannsthal**

... Und selbst der Autobus, ein armer Schächer,
Harrt, bebend an den Flanken, an den roten:
Auf steigt in schwarzem Mantel uns ein Rächer.

Der Kondukteur grüßt stumm den bleichen Boten.
In Schaffneraugen brennt ein Neid, ein weher:
Um dunkler Herzen Tiefe auszuloten

Kommt hier ein Edelamtsorgan und Seher,
Den heut man uns zum Richter auserkor.
(Auch steht er der Zentrale viel, viel näher.)

Den harten Tintenstift zieht er hervor,
Glatt, unzernagt noch von Gewissensbissen ...
WAS SCHREIBT ER AUF, DER SCHWARZE KONTROLLOR?

Tief ist die Stirn gefurcht von herbem Wissen
Um jedes Fahrscheins ew'ge Rätselrunen,
Um tausend Ecken, die er abgerissen,

Und seine Blicke haften gleich Harpunen,
Und alle senken schuldbewußt die Lider
(Schmal sind Gesetzeswege, wie Lagunen) –

Doch höflich salutiert er immer wieder,
Und zage Hände strecken Karten vor,
Und weiße Dreieckblättchen wirbeln nieder.

* Anspielung auf Hugo von Hofmannsthals lyrischen Ausdruck, der sich streng an die klassische Form hielt.

Weh dem, der lügt und seinen Schein verlor!
Wird er ihn amtsbehandeln und bemängeln?
WEN SCHREIBT ER AUF, DER SCHWARZE KONTROLLOR?

Wir zählen all zu den gefall'nen Engeln,
Und mancher fährt verdammt zu Höllenthronen,
Und selig, wem es glückt, sich durchzuschlängeln.

Der Kontrollor weiß Zeiten, Ziffern, Zonen,
Und ist gesalbt von jenen amtlich Reinen,
Die hinter stets verschlossnen Türen wohnen.

Und jeden kann es treffen ... Und trifft keinen ...
Vom Trittbrett gleitet er, geht ein durchs Tor,
Und manche möchten jetzt wie Kinder weinen

Und atmen auf in unhörbarem Chor.
Und nur im letzten Winkel sinnt ein Frecher:
WAS SCHREIBT ER AUF, DER SCHWARZE KONTROLLOR?!

Stationsvorstand

Stationsvorstand hat keine Not!
Er wirkt auf jeden Fall!
Schon durch sein Käppchen wunderrot
Und durch sein Bäuchlein prall!

Schwer hat es die Lokomotiv,
Die grad vorüberflitzt!
Der Ruß bräunt ihr das Antlitz tief,
Sie schämt sich, weil sie schwitzt.

Der Vorstand sah mit mildem Blick
Das Renn- und Schwitzetier …
Ging in den Dienstraum dann zurück
Und trank ein Gläschen Bier.

Doch als er nach dem dritten Glas
Zigarrenrauch verblies,
Schrieb die Lokomotiv zum Spaß
Ein Kärtchen … Aus Paris …

Der Vorstand gähnte, grunzte, schlief.
Doch seine Seele sprang
Aufs Motorrad. Das Rad, das lief,
Den Schienenstrang entlang …

Unser Hauskätzchen

Heut hab ich im Traume die Katz gesehn
Für die alles ist …
Die Katz, die das, was umsonst geschehn,
Verkaut und verfrißt.

Die Katz war sehr fein, denn ihr Leib war Kristall.
(Vielleicht gar Demant?)
Sie wies mit goldener Pfote ins All:
»Sieh! Mein Proviant!«

Da sah ich denn Hosenträger und Zwirn
Und Liebe und Lenz
Und Einigkeitswillen und Massengehirn
Und viel Konferenz …

Sehr viel guten Willen und Hauslehrer auch
Und Säuglings-Dessous …
»Oh Katz«, rief ich weinend, »o weh deinem Bauch!«
Da sprach sie: »Hör zu!

Am ersten Tag rief Gottvater: ›Miez-miez!‹
Da kam ich heran …
Ich saß schon lang auf dem Negativ-Sitz,
Bevor er begann.

Gott schuftete, schuf. Und das machte mich froh.
Elf Zehntel von dem
War glatt schon für mich und der Rest war soso …
Fühlst du das Problem???« …

… Ich fühlt' es, erwachte und brüllte vor Qual!
Und schrieb einen Scheck.
Den schenkt ich dem städtischen Katzenspital …
(Für Milch und für Speck.)

Lauter weiße Schimmel

Da kommen die Herrn Lipizzaner!
Wokoppel-wokoppel-wokoppel-kopp-kopp!
(Viel schöner als so unseraner!)
Du Opel! Du Opel! Du Opel! Stop! Stop!!
Wenn diese Kleinwagen-Proleten
Sich einmal hinaufsetzen täten.
Sie wären doch etwas betreten
Von so viel »PS« und Nobless' …
Die Herrn Lipizzaner sind kreidig,
Die Wasserfall-Mähnen sind seidig,
Das Bronzepferd vom Denkmal schielt neidig.
Ägriert*, patiniert und ganz bös …

Heut tanzt ihr mit lächelnden Mienen
Aus Zimmerln, aus Zimmerln, aus Zimmerln der Burg,
Vor Leuten, die's gar nicht verdienen.
Ihr Schimmerln, ihr Schimmerln, ihr Schimmerln der Burg!
Das tänzelt, das trippelt und kreiselt!
Das steht … wie aus Marmor gemeißelt!
Und – höchstens – vom Ehrgeiz gegeißelt …
Beamte der Kunst … doch Elite!
Die Herrn Philharmoniker? … Eisen!
Das Opernballett? … Mag man preisen.
Wiens singende Knäblein? … Die reisen …
Hier lebt man im spanischen Tritt!

Die Ahnfrau schon trat »höchste Schule«,
So zierlich, so zierlich, so zierlich und nett!
Und war des Bukephalos'* Buhle …
(Natürlich, natürlich, natürlich diskret!)

* ägrieren: erbittern.
* Bukephalos: griech. Stierkopf, Lieblingspferd Alexanders d. Großen.

Urenkel, als lautlose Esser,
Die tafeln – so schmeckt's ihnen besser –
den Hafer mit Gabel und Messer.
(Der Oberbereiter serviert.)
Sie wiehern sehr selten. Sie flüstern
Und tuscheln mit Rosenquarz-Nüstern,
Im Stall, wenn die Stunden verdüstern,
Was jüngst – zur Barockzeit – passiert …

Wo sind sie, die harb-feschen Rapperln?
Im Prater? Im Prater? Im Prater? Fort, fort …
Man ging ihnen scharf auf die Kapperln!
(Rattatter, rattatter, rattatter … Ford! Ford!)
Im Ellbogen-Technik-Gewimmel
Vermögen nur Elfenbein-Schimmel
Die Bröseln, die Splitter und Krümel
Der Tradition zu bewahrn …
Die Vornehmheit wird nicht geheuchelt.
Die Schimmel sind heut noch geschmeichelt:
»Uns hat Kaiser Joseph gestreichelt!«
… (Nie sollt ihr den Namen erfahrn) …

Greta Garbo

Wenn ich Greta Garbo ihr Zuhälter wäre …
(Gesetzt, ich hätte nichts andres zu tun!)
So wäre das a) eine gräßliche Ehre,
So wäre ich b) gegen Arbeit immun.

Und mir obläge die Kassagebahrung
Sowie die Garderobe. Das könnte ich auch.
Dann gäbe Tom Mix mir sein Pferd in Verwahrung
Und Charlie sein Stöckchen. Und Jannings den Bauch.

Auch kämen Reporter mit Fragemaschinen
Und sähen kopfschüttelnd mir tief ins Gesicht:
» … was findet sie ausgerechnet an Ihnen?«
»Vergebt mir, ihr Herren, ich weiß es nicht!«

Ich wäre bei Greta gewiß nicht der Eine.
Doch läg' ich ihr sicher in Magen und Sinn!
Sie ließe sich knipsen mit mir an der Leine,
Halb Ramon Navarro*, halb Rin-Tin-Tin-Tin* …

Wir führen auf Urlaub, vom Salzwind umfächelt,
In Gretas Heimat auf örigem Sund.
Und sie würde lächeln, wie sie eben lächelt.
Auch ich würde lächeln. Doch ich tät's mit Grund!

* Navarro, Ramon: 1899 bis 1968; Held zahlreicher romantischer Hollywood-Stummfilmproduktionen, zum Beispiel »Ben Hur« (1926).
* Rin-Tin-Tin: Schäferhund, der durch zahlreiche Filme zu einem Star des Hollywood-Kinos der zwanziger Jahre wurde.

Weil ich doch der Garbo Zuhälter wäre!
Das Leben ein Tonfilm! Der Tonfilm ein Traum!
Da ließe sich tragen des Alltags Schwere …
Allein … Ideale! … Die … halten sich … kaum
…

Herzbrüderlein Popo

Ist nicht Herzbrüderlein Popo
Dein treuester Gesell?
Blick nicht vorbei! Ach, sei nicht so!
Sein Aug ist klar und hell!

Du warst ein nackter Erdenhund,
Vertrottelt, hilflos, arm,
Da gab er dir schon Untergrund,
Relief und Wucht. Und Charme.

Du schlugst mit plumper Kinderkraft
So manches Spielzeug tot …
Da zog man ihn zur Rechenschaft
Der kühn die Stirne bot!

Du mehrtest später den Ballast,
Zogst Mädchen auf den Schoß.
Er gönnte dir's. Trug Doppel-Last
Im Kerker deiner Hos' …

Du warst sein Abgott, sein Idol!
Stets war er dienend da
Und ehrte dich als Chef. Wiewohl
Er nie dein Antlitz sah!

Erst Goethe schenkte ihm ein Wort,
Hart, kernig, urgesund.
Verklärt lebt der Popo nun fort
In guter Leute Mund.

Drum achte du auch den Popo
Lebt er auch hinterwärts!
Und, bist du Schlangenmensch, sei froh!
Und drück ihn an dein Herz!

Die Wirklichkeit als Reim

Es gibt einen Peter Hammerschlag, der in Wien noch vielen Menschen im Gedächtnis ist. Die »Ungarische Schöpfungsgeschichte« oder der »Krüppel-Fox« gehören zum Bestand eines Erinnerungsgutes, das fast den Charakter von Volksdichtung angenommen hat. Meist sind es aber nur Fragmente, Satzbruchstücke oder ein verwegener Reim, die spontan zitiert werden. Es ist Peter Hammerschlag der Kabarettist, der Blitzdichter und Gelegenheitsschreiber, der seine Weltfremdheit (oder seine Interesselosigkeit an der Welt) hinter Kalauern versteckte und es eigentlich nie zu höheren Weihen der Poesie gebracht hat.

Friedrich Torberg, sein Freund, Berater, Mentor, posthumer Sammler und Herausgeber seines Werks, hat dieses mit viel Wissen und intimer Kenntnis zu vermitteln versucht, gelegentlich mit kräftiger Nachhilfe in Sachen Politur oder feinerem Schliff. Torberg war dazu von Hammerschlag (nach Torberg) legitimiert, da dieser (nach Torberg) zu wenig Ehrgeiz oder Sammlung für eine stabilisierte literarische Disziplin aufbrachte.

Die distanzierte Lektüre dieser Gedichte führt heute zu anderen Einsichten und Bewertungen: Torbergs Korrekturen lenkten eher vom Autor ab und führten von ihm weg, sie drängten ihn in die Angepaßtheit einer österreichischen Nachkriegsliteratur, die schon in den fünfziger Jahren von einer jüngeren Generation radikal abgelehnt wurde. Eine neue Herausgabe dieser Gedichte kann also nur den Versuch unternehmen, dem heutigen Leser einen möglichst unfrisierten, unveränderten, sicher schwerer zugänglichen, aber auch viel reicheren, ungebrocheneren, hinter- und abgründigeren Peter Hammerschlag vorzustellen, so, wie sein Werk heute nach der Quellenlage zugänglich ist. Daß Hammerschlag offenbar auch selbst unterschiedliche Fassungen seiner Gedichte nicht eben sorgfältig ediert in die Welt setzte, ist eine andere Frage, und man darf annehmen, daß die Auseinandersetzungen über das Original, die originale Form, späteren Hammerschlagfans nicht erspart bleiben wird.

Heute geht es darum, diesen originellen Wortkünstler aus der Umklammerung seiner Freunde und Zeitgenossen zu befreien, einen neuen Blick auf diese Gedichte zu ermöglichen, die zwar in der spezifischen sprachlichen Atmosphäre Wiens entstanden sind, aber ebenso überraschende Vorgriffe oder überhaupt ein Sprachbewußtsein verraten, das sich zwei Jahrzehnte später, etwa bei den barock-surrealen Texten H. C. Artmanns oder beim makabren Humor der Dialektgedichte Gerhard Rühns und selbstverständlich auf den Höhen der Wiener Kabarettszene der fünfziger und sechziger Jahre manifestiert.

Wenn es auch heute schwerer fällt, sich das sprachliche Umfeld des Dichters in einer im Bewußtsein des totalen politischen, ökonomischen und kulturellen Zusammenbruchs und der Auflösung der in einer Sprachmetropole lebenden Gesellschaft vorzustellen (die noch im Ständestaat begann, nach einer neuen Identität zu suchen, bevor sie endgültig vom Nationalsozialismus vernichtet wurde), wenn also heute der Torbergsche Zugang zu dieser Literatur weitgehend verschüttet ist, so haben wir dafür die Chance, die Gedichte Hammerschlags vorurteilsloser zu lesen. Diese Gedichte, so sehr sie in realen Lebenszusammenhängen entstanden zu sein scheinen, kommen aus keiner wie immer gearteten Wirklichkeit. Sie sind Produktionen, Konstrukte einer Sprache, die ihre Existenz verqueren, ja abstrusen und oft tödlich banalen Situationen oder Begebenheiten zu verdanken scheinen. Hammerschlags Gedichte, so sehr sie vordergründig etwa einen Tier- oder Kinderfreund verraten, kippen schon in der »Welt des Weibes« oder einer von ihm erbarmungslos zerzausten Männlichkeit in sprachliche Abgründe, entwickeln ihre Poesie entlang eines abseitigen Wortschatzes, dessen Konventionen und Phrasen nur Katastrophen verraten. Die Sätze sind desaströs, sie bieten keinen Halt, das Unglück lauert hinter jedem Wort, hinter jeder Phrase. Hammerschlag torkelt in die Gedichte hinein, um auch oft ebenso unvermittelt wieder hinauszufallen. Es gibt in dieser Welt der Wörter ebenso Gewalttätigkeit wie bedingungslose Selbstaufgabe, Verliebtheit, Sanftheit, aber auch Ruf- und Meuchelmord.

Die Sprache ist die eigentliche Welt, so real wie irreal, so brutal wie zärtlich; und über allem steht der Reim, ein ebenso unberechenbarer wie verwegener Kumpel und Schurke. Die Wirklichkeit scheint nur mehr im Reim möglich oder denkbar zu sein. Da wird die Wüste zum »gelben Mehl«, damit das Kamel standesgemäß auftreten kann. Es gibt Gedichte, die scheinen ihre Zeugung und Entwicklung überhaupt nur den Reimkonstruktionen zu verdanken. Wenn also Surrealismus, dann einer aus dem Gerangel mit sprachlichen Realitäten. Hammerschlag verfährt mit dieser Wienerischen Sprachwelt, in der sich auch Persönliches oder Personelles seiner Umwelt oder seines Freundeskreises verheddert, penetrant und provokant fahrlässig, unkrausisch. Es scheint, als nähme er in der Poetik den später von Josef Frank entwickelten Akzidentismus vorweg, indem er das sprachlich Zufällige, das Vor- und Aufgefundene, das Alltägliche, Banale aufnimmt und daraus die künsten Konstruktionen entwickelt.

Aber auch diese Interpretation ist eindimensional, denn das Artistische kommt bei Hammerschlag zwar beiläufig daher, aber die genialischen Wortkompositionen verraten ebenso den radikalen Wortkünstler wie den poetischen Triebtäter, der eines Reimes wegen auch eine Freundschaft aufs Spiel setzt. Unter seinen prüfenden Blicken werden alle Begriffe defekt, existentiell verunsichert oder sie flüchten sich in unerwartete Liaisons, in dubiose Komplizenschaft, um dann dort endgültig ihrer Seriosität verlustig zu gehen.

Peter Hammerschlag ist andererseits kein Revolutionär, kein avantgardistischer Dichter. Zumindest verraten manche parodistischen Gedichte über Zeitphänomene (etwa den Ausdruckstanz) keine ernsthafte Auseinandersetzung. Es sei denn, auch diese ist in Ironie verpackt, weil er es sich nicht leisten kann oder will, sich darauf einzulassen. Ohne hier in Interpretation dilettieren zu wollen, die Sprache und Dichtung ist nicht nur Weltersatz, sie ist die eigentliche Welt. Und während es sich der Dichter scheinbar erspart, sich auf die Zores der realen einzulassen, produziert er als Ersatz noch viel schwierigere und kompliziertere Welten. Friedrich

Torberg hatte also mit seiner freundschaftlichen Lebenshilfe keine Chance, denn mit dem Ausbügeln eines Verses wurde keine Welt repariert, sondern höchstens der Zugang für andere verstellt.

Es hat sich zum Glück im Nachlaß ein Konzept für einen Gedichtband gefunden, der es ermöglichte, auch das Ordnen der Gedichte den Intentionen des Autors anzunähern. Peter Hammerschlags Einteilung in Boxrunden entspricht auch ganz seiner offenbar verqueren Beziehung zum Sport, die ja fast durch alle Ritzen der Gedichte dringt. Sport, Halbwelt, Künstlermilieu, Erotik, schwierige oder kaputte Beziehungen, exotische Länder, metaphorische Kinder- und Tierwelten sind die sprachlichen Schauplätze, an denen die Untiefen eines verzweifelten Humors sichtbar werden.

Interessant ist, daß die Zahl der Gedichte von Runde zu Runde abnimmt: Die Erste Runde, »Schützet die Tiere?«, hat 27 Gedichte, in denen es penetrant menschlich zugeht. Die Zweite Runde, »Wehrlose Frauen und Mädchen«, umfaßt 21 Texte, während die Dritte Runde, »Starke und andere Männer«, nur mehr 11 enthält. Die Vierte Runde, »Groggy – Wach-, Wunsch- und Angstträume«, schafft es noch bis 12. Die Fünfte (und letzte) Runde, »Knock out – Überirdische Wesen«, endet nach sechs. Allerdings muß man erwähnen, daß der Bestand an Gedichten aus dem Nachlaß umfangreicher war, so daß von uns zusätzliche in die »Runden« eingefügt wurden, wobei man über die jeweilige Zuordnung natürlich streiten kann.

Ein eigenes Feld der Betrachtung der Gedichte Peter Hammerschlags erschließt sich im Reim. Dabei gibt es die verwegensten Konstruktionen, die gewalttätigsten Erfindungen und die phantastischsten Kombinationen. Wenn man einmal von Kunstgebilden wie *FRISSI-FRASS/Riesenspaß* oder *OLALA/Kokoschka* absieht, findet *Taft* zu *Sauwirtschaft*, *Liebesschrei* zu *Hammerhai*, *Cercle* zu *Ferkel* oder *Gesinnung* zur *Fleischermeister-Innung*. Es ist ein von den Gedichten unabhängiges Vergnügen, sich auf die Suche solcher Reimwollust zu machen: *tränenblank/Kassenschrank*, *Kennerblick/Lederstrick*, *Li-Tai-Peh/Ohren weh*, *Jaguar/nextes Jahr*, *Todesschreck/Speck*, *Kindes-*

mord/Schwimmrekord, *schriller/Marquis de Müller*. Gnadenlos wird der Reim, wenn *Verführa* auf *Elvira* stößt oder *frech* auf *Aluminiumblech*, um dann mit *American/bemeriken*, *Amstetten/schreiben täten* oder *leb ich/El Nebbich* überhaupt auszuflippen.

Peter Hammerschlags Dichtung ist die Widerspiegelung der spezifischen Sprachsituation einer gealterten, ums Überleben kämpfenden Metropole, in der viele Sprachen real, häufiger nur fragmentarisch oder überhaupt nur als Idiom (wie das Böhmische, Ungarische oder Jiddische) existieren und in der Literatur mit vertrauter Distanz oder distanzierter Vertrautheit gerade die kulturellen Konflikte und Herausforderungen inszeniert. Humor, Ironie, Zynismus und Sarkasmus waren die Instrumente dieser Inszenierung, die scheinbar eine andere widerspiegelte, aber in Wirklichkeit die Welt selbst waren.

Friedrich Achleitner

Editorische Notiz

Das Werk Peter Hammerschlags wurde erstmals 1972 von Friedrich Torberg in Buchform vorgestellt. Diese wie auch die von Gerhard Bronner 1984 veröffentlichten Texte sind zum größten Teil dem von Torberg verwalteten Teilnachlaß Hammerschlags entnommen, der sich in der Handschriftenabteilung der Österreichischen Nationalbibliothek in Wien befindet. Der Aufbau der neuen Edition folgt dem einzig erhaltenen, von Hammerschlag selbst erstellten Konzept für eine Gedichtauswahl, welches Teil der Neuerwerbungen des Österreichischen Literaturarchivs der Österreichischen Nationalbibliothek ist.

Ergänzt wurde diese mehr als 40 Texte umfassende Zusammenstellung um teils neue, teils schon bekannte Gedichte aus dem mittlerweile beachtlichen Nachlaßbestand. Die bereits publizierten Arbeiten werden hier erstmals in ihrer originalen Version präsentiert.

Die Abbildungen sind eigenhändige Illustrationen Hammerschlags zu Texten, die er für die Zeitschrift »Wiener Magazin« während der dreißiger Jahre verfaßte.

Monika Kiegler-Griensteidl

Biographische Notiz

Peter Hammerschlag wurde 1902 als Sohn großbürgerlicher jüdischer Eltern in Wien geboren. Erste Kabaretterfahrungen sammelte er in Berlin, ehe er zum Hausdichter des »lieben Augustin« in Wien avancierte. Seine Gedichte erschienen damals u. a. im *Querschnitt*, dem *Prager Tagblatt* und der *Vossischen Zeitung*. Nach dem »Anschluß« flüchtete er nach Jugoslawien, wurde dort aber ausgewiesen, kehrte zurück und lebte als »U-Boot« in Wien. Am 17. Juli 1942 wurde er deportiert.

Inhaltsverzeichnis

ZWEITE RUNDE:
WEHRLOSE FRAUEN UND MÄDCHEN

DRITTE RUNDE:
STARKE UND ANDERE MÄNNER

VIERTE RUNDE: GROGGY.
WACH-, WUNSCH- UND ANGSTTRÄUME

FÜNFTE RUNDE:
KNOCK OUT. ÜBERIRDISCHE WESEN